AF592359

SATIRES D'HORACE.

LIVRE PREMIER.

DISCOURS MORAUX,

OU

SATIRES D'HORACE.

TRADUCTION NOUVELLE,

Mise en Vers, par M. DU V.***

A VERSAILLES.

1792.

PRÉFACE.

J'AI osé présenter au Public les Épitres d'Horace; j'ose lui offrir encor ses plus sages principes: on verra dans ses Satires, sa philosophie, sa modération, son amour de la campagne, quelques usages de son temps, quelques jeux grecs & romains, l'amitié de Mécene, la tendresse d'Horace pour son pere, ſes utiles leçons ; enfin ſon Fâcheux ; & le beau portrait de Mécene, Miniſtre d'Auguſte.

Dans ſon Tigellius, on voit toute la fluctuation humaine ; dans ſon Offellus, on voit la ſage modération que donnent les goûts de la campagne ; ailleurs, on voit les excès immodérés de l'homme, la maniere plaiſante de gagner les ſucceſſions, la belle Satire des Saturnales, où Horace ſe fait reprocher tous ſes défauts par ſon esclave; le voyage de Brindes, fameux par son objet, & sa concision; enfin la maniere d'amener les fables, de les narrer, d'en faire une épisode morale & instructive: & l'on découvre encore le peu de crédit des Stoïciens du temps d'Auguste, puisqu'on insultoit dans les rues, à leur barbe & à leur sévérité: ainsi usages, costumes, caractores, morale, tout s'y trouve réuni.

Homere seul avoit mis la morale en action, dans ses sublimes poëmes;

Horace l'a miſe en principe, en faiſant le tableau des excès & des vices, de la ſageſſe & de la vertu. Ainſi Homere & Horace ſont les grands Moraliſtes de leur tems; & les Satires & les Épitres d'Horace ſont ſûrement les ouvrages les plus précieux & les plus ſages de l'antiquité.

DISCOURS EN VERS.

LIVRE PREMIER.

L'INCONSTANCE HUMAINE.

SATIRE I.

Qui fit Mæcenas........

Dans ce beau Discours, Horace nous présente en plaisantant, l'ambition de l'homme, ses desirs, ses incertitudes, sa jalousie, son avarice, & toutes les passions qui le tourmentent, & le conduisent au tombeau.

CHER Mécène, comment ! Personne en cette vie,
N'est-il presque jamais content de son état ?
Un marchand malheureux voudroit être soldat,

Et l'indigent ſoldat ſouvent lui porte envie :
L'un peint avec douleur ſon ſort infortuné :
Il ne ſent que ſes maux, ſes ans & ſes bleſſures ;
Et l'autre, quand il voit l'Océan mutiné,
Et les cieux irrités écraſer ſes mâtures,
Se dit : Heureux guerrier, que ton ſort a d'appas !
Tu n'as pas comme moi de longues infortunes,
Et tu vois en un jour l'honneur ou le trépas.
Un Juge réveillé pour des cauſes communes,
En ſortant de chez lui bénit l'agriculteur ;
Et celui-ci forcé de ſe rendre à la Ville,
Se trouve malheureux ; chacun a ſon erreur.
A ces traits différens, j'en ajouterois mille :
Mais pour ne pas troubler des inſtans précieux,
N'écoutez qu'un moment un apologue utile:
Si quelque Dieu diſoit, « Allons, ſoyez heureux ;
» Vous marchand devenez ſoldat,
» Vous ſoyez ſage Magiſtrat,
» Et vous ſoutien de la campagne,
» Prenez encor un autre état :
» Allons, vivez chacun ſans peine ou ſans compagne :
Quoi ! vous balancez tous ſur ces grands intérêts,
Vous pouvez être heureux, vous êtes immobiles ;
Que les hommes ſont fous ! qu'ils ſont tous indiſcrets !
Je devrois les punir de leurs vœux inutiles,
Et n'écouter jamais aucuns de leurs projets.
Mais pour ne pas uſer d'une arme trop légère,
Pour ne pas badiner une ſage matière,

Quoique la vérité se présente en riant,
Comme on donne un bombon pour séduire un enfant,
Reprenons la raison, écoutons la sagesse:
Ce soldat, ce marchand, ce jeune laboureur,
Que veulent-ils chacun ? Une heureuse vieillesse;
Ils travaillent sans cesse à trouver le bonheur,
Ils passent leur printems à chercher la richesse,
Pour être quelque jour à l'abri du besoin,
Et passer leur hiver sans travail & sans soin:
De la sage fourmi c'est imiter l'exemple.
Dans ce corps délicat un homme se contemple:
Elle amasse l'été de quoi vivre l'hiver;
Elle fait aujourd'hui ce qu'elle fit hier,
Et traîne avec effort tout le grain qu'elle assemble,
Pour nourrir sa famille, & se nourrir ensemble;
Elle pense au présent, & prévoit l'avenir,
Et quand le froid verseau resserre la nature,
Quand tout n'est que frimats, elle est sans repentir,
Et de ses grains séchés elle use avec mesure.
Mais l'homme; il ne connoît ni saisons, ni frimats;
Les vents & la tempête, & la mer irritée,
Pour devenir puissant ne l'épouvantent pas:
Rien ne peut arrêter son avide pensée,
Et l'or fait oublier la crainte du trépas.
Mais à quoi donc sert-il au malheureux avare,
De garder en tremblant le trésor qu'il prépare,
S'il n'ose en détourner la plus légère part?
Il croiroit l'épuiser, s'il dépensoit un liard.

A quoi ce grand trésor lui peut-il être utile ?
Il entasse l'été de ses gerbes cent mille,
Il ne pourra jamais consommer tout ce bien ;
Son estomac est-il plus vaste que le mien ?
Non : l'esclave occupé du pain quand on voyage,
Quoiqu'il en soit chargé, n'en a pas davantage.
Que sert-il donc d'avoir cent ou cent mille arpens ?
Si nous suivions chacun les loix de la nature,
Nos besoins satisfaits, voilà notre mesure :
Mais vous croyez encor qu'il est beaucoup plus beau,
De prendre dans un vaste & superbe monceau :
Comme si quelquefois l'eau paroissoit meilleure,
Ou prise d'un grand fleuve, ou prise d'un ruisseau :
Ce fleuve est un torrent plus rapide que l'heure,
Son cours est dangéreux, il entraîne son bord,
Il éboule, on est près, on y trouve la mort.
Metrons à nos besoins une sage mesure ;
Qui sait vivre de peu, sa vie en est plus pure :
Il ne va pas puiser dans ces rapides eaux,
Et ne perd pas le jour, entraîné dans les flots ;
Mais l'homme est agité de desirs & d'envie,
Il ne peut avoir trop, il n'a jamais assez :
Plus vous avez de biens, plus des gens empressés
S'attachent sur vos pas : l'espoir se multiplie ;
Que dire à cette erreur ? c'est une maladie.
Soyez donc tous mortels, avides, insensés,
Soyez tous malheureux, puisque vous voulez l'être,
Et qu'un Athénien vous serve ici de maître.

Cet homme très-avare, avec un grand trésor,
Supportoit en riant le mépris & le blâme;
Il étoit poursuivi comme l'est un infâme,
Il se moquoit du peuple, & regardant son or,
Comme j'applaudirois, si j'en avois encore!
Tantale dans les flots est altéré de même:
Cet homme malheureux, ce Tantale est vous-même
Chargé d'or & d'argent, loin de vous en servir,
Vous desirez sur-tout, encor d'en acquérir.
Mais quel en le but, ou quel en est l'usage?
Vous n'êtes ni prudent, ni fortuné, ni sage:
Un pain, quelque légume, avec un peu de vin,
Voilà tous les besoins qu'exige la nature;
Et vous ne connoissez ni frimats, ni froidure;
Jour & nuit agité, dès l'aube du matin
Vous craignez les voleurs, les ennemis, la flâme,
Et les tourmens, la peur, tyrannisent votre âme.
Ah! Que j'aime bien mieux ma sage pauvreté?
Mais avec tout cet or, si d'une fièvre ardente,
Sur un lit douloureux vous êtes arrêté,
Sans doute qu'une esclave, un fils, quelque parente,
Viendront avec amour soulager vos douleurs,
Partager des momens sensibles à nos cœurs,
Conduire un Médecin, vous prolonger la vie,
Vous rendre à vos enfans, ainsi qu'à vos amis;
Non: valets, ou voisins, femme, parens ou fils,
Ils vous délaissent tous, ils n'ont aucune envie
D'éterniser des nœuds que le destin délie:

Seroit-ce donc injuste ? Est-ce bien étonnant,
Quand dans tout l'univers, vous n'aimez que l'argent.
Quiconque ne rend pas tendresse pour tendresse,
Sentimens pour égards, même, amour pour amour,
Mérite qu'à son tour l'univers le délaisse :
Voilà de vos dédains le plus juste retour.
Mais cessez d'entasser & la nuit & le jour,
Plus vous avez de biens, moins vous devez vous plaindre,
Quand on possede assez, qu'est-ce que l'on peut craindre ?
Ne faites pas sur-tout comme un Umidius ;
Il mesuroit son or, il ne le comptoit plus,
Et c'étoit de son temps un si fameux avare,
Qu'il n'étoit pas mieux mis qu'un esclave, un barbare ;
Il avoit toujours peur de perdre tout son bien,
De périr de besoin, d'être réduit à rien :
Mais plus hardie encor que le sang de Tindare (1),
Une jeune affranchie en sut borner le sort,
Elle trancha ses jours, il en reçut la mort.
Quel est donc cet avis, que faut-il que je fasse ?
Faut-il de Ménius que je suive la trace ?
Faut-il être aussi riche, & même encore plus,
Faut-il tout dissiper comme un Nomentanus ?
Non ; mais il est un point que l'on doit se prescrire,
Le passer, c'est excès ; l'outrer, c'est un délire :
N'être jamais prodigue, avare, ou libertin,
C'est l'art de s'assurer un fortuné destin.

---

(1) Clytemnestre trancha la tête d'Agamemnon.

Je reviens à mon but, tout homme est un avare,
Il desire sans cesse, il a l'ambition
De mépriser l'état que le sort lui prépare.
Il veut être au-dessus de sa condition :
Il pâlit quand il voit la chévre de son frere,
Etre plus abondante, avoir un lait plus fin :
Etre mieux gouvernée, être meilleure enfin ;
Il ne peut comparer son sort à la misere,
A l'état malheureux de mille & mille humains :
Il ne respecte rien, ses amis, ses voisins,
Il veut tout écraser ; & comme en la carriere,
Mille coursiers rivaux veulent se surpasser,
Il veut franchir ainsi les bornes, la barriere,
Vaincre tous ses égaux, sur-tout les dévancer,
Qu'arrive-t-il de-là ? que personne n'est sage,
Personne n'est heureux, & que personne enfin
Ne sort de cette vie ainsi que d'un festin.
Je ne veux pas ici vous parler davantage,
On croitoit que j'ai lu les écrits de Crispin (1).

(1) Philosophe Stoïcien, très-mauvais Poëte.

LES PASSIONS ET LES EXCÈS DE L'HOMME.

SATIRE II.

Ambubajarum collegia, pharmacopolæ.

Cette Satire étoit très-difficile, parce que dans l'original, la peinture du vice est très-libre. J'ai tâché d'en adoucir les traits, sans rien supprimer d'essentiel aux mœurs, & au costume du tems : je desire bien avoir réussi.

TIGELLIUS (1) est mort ; la troupe des danseurs,
Des baladins lascifs, des pauvres parfumeurs,
Tout le bas peuple enfin gémit de son absence,
Et de ce grand chanteur regrette la dépense,

(1) Tigellius étoit un grand Musicien, favorisé d'Auguste, & utile à ses amusemens de table.

Car c'étoit un prodigue, un homme, & fier, & vain;
Jamais de l'indigent il n'appaiſa la faim,
Il ne ſoulagea point ſon ami, ni ſon frere,
Mais pour paroître grand, il dépenſoit ſon bien
Dans la profuſion & dans la bonne chere:
Demandez-lui comment il ne ménageoit rien!
Comment à ſes parens il étoit ſi ſévere,
Lorſque dans ſes feſtins il étoit ſi pompeux!
C'eſt pour ne point paſſer pour un infâme avare;
Pour éblouir le peuple, il étoit ſomptueux:
Mais il eſt à préſent aux rives du Ténare:
Les uns l'ont applaudi, d'autres ont vu ſon tort,
Et tous ſes grands défauts ſont couverts par la mort.
Quant à Fufidius, pour n'être pas prodigue,
Il travaille ſon bien... il s'agite... il s'intrigue,
Au plus haut intérêt il veut placer ſon or;
Moins il en a beſoin, plus il en place encor,
Il connoît tous les noms... d'une grande famille,
Un pere eſt-il ſerré... plus ſon apreté brille,
Il écraſe de frais un prodigue héritier:
O puiſſant Jupiter, quel infâme uſurier!
Mais de tant de profits, quelle eſt donc la dépenſe,
Il n'en fait point... il eſt ce pere de Térence,
Qui ſe punit lui-même avec ſévérité,
Pour le départ d'un fils abſent, & maltraité.
Or, à quoi ce diſcours ſemble-t-il nous conduire?
En évitant un vice, on tombe dans un pire:
L'un eſt trop recherché, l'un trop ſimple, & jamais

On ne s'arrête au point qu'exige la prudence :
Ruffillus se parfume, un autre sent mauvais,
Voilà de nos excès l'inégale balance :
L'un calculant en lui les vices de son cœur,
Ne se permet jamais qu'une femme publique ;
L'autre met son orgueil dans le rang, dans l'honneur,
Et d'une grande intrigue il se fait un bonheur.
Caton, Caton lui-même, en ces termes s'explique :
Voyant sortir quelqu'un de quelqu'endroit honteux :
Continuez, mon fils.... il est moins odieux
D'avoir des passions, qu'une impudique flâme :
Songez à respecter toute modeste femme,
Car je préfere encor de vous voir en ces lieux.
Je suis bien peu flatté d'un éloge semblable,
Nous dit Cupennius.... c'étoit un agréable ;
Des dames d'un haut rang il aimoit les apprêts,
Et prodiguoit son or pour gagner leurs bienfaits...
Mais si vous desirez voir punir l'adultere,
Ecoutez tous les maux, les craintes, les dangers,
Qui suivent des plaisirs si rares, si légers :
La douleur est le prix du plaisir de mal faire :
L'un s'est précipité du haut d'un grand palais ;
Un autre sous les coups a cru laisser la vie ;
Celui-là malheureux, même après des succès,
De lâches assassins voit sa marche suivie ;
Un autre se rachette à force de présens,
Un autre est mis en croix, l'autre par des méchans
Est battu, mutilé, jetté sur la poussiere,

Et ne se sauve encor qu'à force de priere....
Voilà le sort affreux qui toujours les attend.
On dit.. Ah! que c'est bien!.. Galba dit le contraire:
A la simple affranchie ayons plutôt recours,
Dit Saluste... Il n'avoit que de telles amours;
Mais étoit-il plus sage : eh ! sa magnificence,
Ou sa légere humeur, ou son intempérance,
Lui faisoient tout donner avec profusion:
Et sa table, & ses biens, & toute sa maison;
Son argent, son domaine étoient à sa maîtresse,
Il ne possédoit rien, & pas même.... l'honneur:
Mais il s'applaudissoit dans le fond de son cœur,
De ne s'être jamais permis une foiblesse,
D'être ni le flatteur, l'amant, le favori
D'aucune femme honnête unie à son mari.
C'étoit comme Marsé, qui fit tant de largesse,
Qui donna tant de fonds, tant d'argent, tant de bien,
A telle & telle actrice... il ne refusoit rien:
Au moins, se disoit-il, j'ai ce grand avantage;
Je n'ai jamais troublé de tranquille ménage:
Mais tu t'es abimé, tu t'es plus avili,
Tu reste sans fortune, & tu n'as plus d'ami.
Est-ce assez d'éviter une faute bien grave ?
Il ne faudroit jamais du vice être l'esclave,
Ni se faire à plaisir un infâme renom:
Dissiper tout son bien, dégrader sa maison,
C'est un crime partout... une faute bien haute:
Qu'importe qu'aujourd'hui vous soyez ruiné,

Par une courtisane, un être infortuné,
Une esclave... une dame.. Est-ce moins une faute?
Villius se croyoit le gendre de Sylla,
Il tiroit vanité d'une telle alliance,
Il n'étoit que l'amant de sa fille Fausta;
Et des maux infinis furent sa récompense:
Il fut chargé de coups, humilié, chassé,
Quand un Longarinus étoit favorisé.
Celui-ci plus galant, faisoit plus de dépense,
Il étoit plus chéri, comme plus amoureux,
Et son rival haï ne fut que malheureux.
Si dans ce moment-ci la raison nous éclaire,
Ne nous dirons-nous pas... dans nos attachemens
La grandeur & le rang sont bien indifférens:
Est-ce que par l'état une femme differe?
Est-ce que par son nom, par sa haute maison,
Elle en paroît plus belle aux yeux de la raison?
Le goût est bien plus sûr, la nature est plus sage,
Consultons moins son rang, que sa vertu, son âge:
Séparons le bonheur du mal qu'on doit haïr,
Et ne préparons pas toujours un repentir.
Eloignez-vous surtout d'une femme hautaine;
Une femme à grand nom vous donne plus de peine,
Plus de chagrins cuisans, d'intrigues, de malheur,
Que même ses beautés ne causent de bonheur;
Avec ses diamans & ses perles antiques,
Son corps est-il plus beau? ses traits plus magnifiques?
La grâce naît souvent de la simplicité:

Une

Une jeune bergere eſt toujours plus modeſte,
L'art ne recouvre point les traits de ſa beauté,
Vous la choiſiſſez mieux... ſa démarche, ſon geſte,
Ne vous impoſent point avec ſévérité ;
Sous ſes habits légers, vous diſtinguez ſa taille.
Un Grand veut-il avoir un ſuperbe courſier ?
Il ne veut pas qu'il ſoit comme un jour de bataille,
D'une houſſe, d'un mords, & d'un bel étrier,
Embelli, recouvert, il le voit tout entier :
Sa croupe eſt arrondie, & ſa taille élevée,
Sa tête eſt fine, leſte, & pas trop allongée,
Voilà ce qu'il obſerve, imitez-le toujours :
Ayez l'œil attentif, ſans être trop ſévere,
Et ne cenſurez pas une ſimple bergere,
Car de trop grands deſirs effrayent les amours....
La vôtre eſt-elle bien ?.. mais.. ſes bras ſont trop courts
Son pied un peu trop long... ſa main pas aſſez fine...
Ah ! de cette beauté que l'air vous détermine :
Des femmes du grand ton, & dans leurs plus beaux jours,
Que peut-on découvrir ? que voit-on ? leur figure....
Leur corps eſt entouré d'une large ceinture,
Un vêtement (1) bien long les couvre juſqu'aux pieds,
Rien n'eſt même entr'ouvert, tous leurs nœuds ſont liés,
Elles ſont d'un manteau toujours environnées ;
Des gardes, des coëffeurs, des chaiſes bien fermées,

(1) Coſtume intéreſſant des Dames Romaines.

Empêchent leur abord, il faut les deviner;
Au lieu qu'une bergere, on la peut approcher,
Elle est à nos regards pleine de modestie,
De la nature seule on la voit embellie,
C'est du lin qui la couvre... on peut juger ses traits,
Son corps, son pied, sa taille, oui tout peint ses attraits.
Aimez-vous mieux trouver des gardes, des barrieres,
Des embûches, des traits, des armes meurtrieres,
Ou qu'on mette d'avance un prix à la beauté :
Vous savez la chanson qu'un savant (1) a dicté :
Un Chasseur est toujours avide,
Il lance un lievre, il le poursuit;
Est-il mort, un autre le guide,
Il le voit à terre, il s'enfuit :
L'amant au Chasseur est semblable,
Il cherche qui le fuit, & quand il est vainqueur,
Il quitte sa beauté pour une moins aimable.
Voilà l'homme sans doute, & voilà notre erreur.
Croyez-vous que ces vers vous calment, vous appaisent,
Qu'ils éteignent vos feux, moderent vos chagrins :
La nature a fixé nos goûts & nos destins,
Oui, respectons ses loix, & que ses loix nous plaisent,
Sachons ce qu'elle ordonne, & ce qu'elle défend,
Ce qui nous est utile, ou permis, ou nuisible,
Du trop & du trop peu bornons le différend,
Et ne desirons point ce qu'on voit impossible.

(1) Callimaque.

Quand on brûle de ſoif, faut-il un vaſe d'or ?
Et quand inceſſamment l'appetit nous tourmente,
Nous faut-il des turbots, des paons, quelque tréſor ?..
Non... on ſuit la nature, & ce qu'elle préſente :
De même dans l'amour, il faut qu'on ſe contente
De ces traits ingénus, ſimples, intéreſſans,
Et de cette beauté que nous offrent les champs.
J'aime dans mes amours une ſimple bergere,
Qu'elle ait le cœur ſenſible, & la taille légere ;
J'aime ſa modeſtie... & jamais je n'entends :
Vous reviendrez tantôt... donnez-moi davantage...
Venez quand mon époux ſera bien loin d'ici ;
Ma maîtreſſe jamais n'a connu de mari.
Je veux qu'elle ſoit belle, & bonne, & blanche, & ſage,
Qu'elle n'ait aucun fard, & que dans ſa grandeur
Elle ne cherche point d'élever ſa hauteur :
Qu'elle ſoit telle enfin que le Ciel me la donne :
Quand elle eſt près de moi, c'eſt une autre Vénus,
Je la crois ſous les cieux la plus belle perſonne,
Et je lui vois encor la grâce & les vertus.
Je ne crains point ainſi qu'un mari nous ſurprenne,
Qu'il revienne des champs, qu'il briſe les verroux,
Que le chien nous aboie, & que ce mari vienne
Pour reprendre ſa femme, & l'accabler de coups ;
La pauvre malheureuſe, en pleurs, & preſque morte,
Se jette devant lui, ſe met à ſes genoux ;
Sa chere confidente, avant qu'elle ne ſorte,
Croit y perdre le jour... l'autre perdre ſa dot,

Enfin je ne crains point pour ma peine & mon lot,
D'être obligé de fuir, ou d'y laiſſer ma bourſe,
De ternir, pour le moins, ma réputation,
Et de n'avoir enfin pour unique reſſource,
Que d'être un Fabius, ſans eſtime, & ſans nom.

L'INDULGENCE QU'ON DOIT A SES AMIS.

SATIRE III.

Omnibus hoc vitium est cantoribus.

Ce Discours est rempli d'une morale douce & sage, sur les devoirs de l'amitié, sur l'indulgence qu'on a pour soi, & la sévérité qu'on a pour les autres. Horace y joint un Episode superbe, sur la société humaine; sur son origine, sur la formation des loix; & il finit par badiner la sévérité & la philosophie Stoïcienne.

De nos Chanteurs fameux c'est le vice ordinaire;
Priez-les de chanter, ils brûlent de se taire,
Ne les en priez plus, ils brûlent de chanter.

Tel fut Tigellius (1) ; Auguste, Auguste même
Se croyoit obligé de le solliciter ;
Il pouvoit l'accabler de son ordre suprême,
Et ce Chantre orgueilleux osoit lui résister ;
Ne le pressoit-il plus : dès qu'on étoit à table,
Jusqu'au dernier instant du plus brillant repas,
Il prenoit tous les tons, & ne se taisoit pas.
Non : jamais on ne vit de caprice semblable ;
Tantôt on le voyoit s'enfuir comme un voleur,
Tantôt à pas comptés comme en cérémonie,
Il marchoit précédé de son seul serviteur,
Et tantôt de deux cent sa marche étoit suivie :
Souvent il nous vantoit les grands festins des Rois ;
Eh! Quels sont nos besoins, dit-il une autre fois,
Un rien suffit à l'homme. Oui, donnez-moi l'usage
D'une petite table, & d'un pain & du sel,
D'un vêtement épais : & jamais un mortel
Ne sera sous les cieux plus content & plus sage :
Mais donnez à ce sage un jour dix mille écus,
Le lendemain matin, il n'en a déjà plus ;
Toute la nuit il court, il se tourmente, il veille,
Et dès qu'avec l'aurore il voit naître le jour,
Il rentre, il se repose, il se couche, il sommeille,
Enfin l'immensité de ce triste séjour
Ne peut nous présenter un insensé semblable.

---

(1) Tigellius étoit un Musicien favorisé d'Auguste.

Oui toujours à lui-même on le voit inégal.
Mais vous, me dira-t-on, Censeur impitoyable,
Etes-vous sans défauts? Je vis presqu'aussi mal.
De Névius un jour on blâmoit la conduite;
Celui qui le blâmoit avoit-il son mérite?
Connoissez-vous vos torts, vous qui blâmez les siens?
Certes, je les connois, mais je me les pardonne.
Eh! voilà justement en vous ce qui m'étonne,
Cet amour de vous-même est ce que je soutiens
Injuste, condamnable, & digne de censure:
Et je vous mets encore au nombre des ingrats,
Car vos défauts nombreux, vous ne les voyez pas;
Et ceux de vos amis, sont d'une autre nature;
Vous prenez pour les voir le regard du serpent.
Aussi chacun s'applique à rechercher les vôtres,
On dit: Il est colere, il s'irrite aisément,
Il ne peut supporter les reproches des autres;
Il est mal arrangé, peut-être mal vêtu:
Oui... mais son amitié pour vous est infinie,
Et si d'ingrats dehors nous cachent sa vertu,
Il n'est pas moins encor un superbe génie (1).
Examinons-nous donc, & voyons nos défauts;
Il est toujours en nous quelques vices nouveaux;
La terre où naît l'ivraie a besoin de culture,
Et nous devons souvent corriger la nature.

(1) Virgile.

Mais les défauts d'un autre, il faut dans tous les temps,
Les voir comme un amant voit ceux de sa maîtresse ;
Ses défauts sont toujours pour lui pleins d'agrémens ;
Soyons pour nos amis ce que sont les amans :
Et qu'un vice à nos yeux ne soit qu'une foiblesse :
Enfin suivons les traits de l'amour paternel ;
On a pour ses enfans un penchant naturel :
Un pere a-t-il un fils qu'afflige la nature ?
Est-il nain ? Il le dit de petite stature ;
S'il boitte, il dit : Ses reins ne sont point affermis ;
Voilà comme l'on doit parler de ses amis.
Le vôtre paroît-il serré dans sa dépense :
Dites: Il est frugal ; a-t-il de la jactance ?
Est-il, faute d'esprit, superbement vêtu ?
C'est qu'il veut chez les grands être très-bien reçu.
Est-il brusque ? est-il dur ? c'est droiture ou franchise.
Est-il très-emporté, dites : Il est très-vif.
Voilà comme un défaut trouve son correctif,
Et votre chaîne ainsi, ne se rompt ni ne brise.
Mais au contraire on veut inventer des défauts,
On veut trouver impur le pur cristal des eaux.
Un homme est simple, honnête ; on dit : C'est un bon homme,
Sa vie est un sommeil, sa nuit est un long somme :
Le lent, on le dit lourd ; le modeste est craintif ;
Le timide est trop sombre, & le gai trop actif ;
Enfin marchant ainsi d'écueil en précipice,
Voilà comme l'envie habille tout en vice :

Etes-vous réservé, prudent en vos propos,
On vous dit très-adroit, très-dangéreux, très-faux.
Eh puis! suivant l'instinct de sa simple nature,
Un bon homme vient-il, comme j'ai vu souvent,
(Interrompant le cours de notre amusement,)
Solliciter Mécene, & troubler sa lecture:
Quel importun, quel fou, quel insensé, dit-on?
Cet homme n'eût jamais ni bon sens ni raison.
Hélas! Quelle injustice est égale à la nôtre:
Chacun a ses défauts; & l'homme le meilleur,
Est celui qui n'a pas tant de vices qu'un autre.
Mon ami, s'il est juste, approfondit mon cœur,
Il pese mes vertus ainsi que mon erreur;
Et si le bien surnage, il me chérit, il m'aime,
Et moi je le console, & le traite de même.
Mais si chaque homme enfin, colére, impérieux,
Ne peut entierement déraciner ses vices;
Qu'il sache au moins régler ses folles injustices,
Qu'il écarte de lui ce systême odieux,
De punir les défauts, par les mêmes supplices.
Un esclave en servant détourne quelques plats;
Vous le mettez en croix; Ah! vous ne savez pas,
Aux torts du criminel mesurer la vengeance.
Mais vous faites bien pis, votre ami vous offense:
Cette offense est un rien; aussi-tôt plein d'humeur,
Plein de sévérité, de haine & de fureur;
Vous ne le voyez plus, vous fuyez sa présence,
Comme d'un usurier on fuit la pétulance,

Et l'on craint sa rigueur & son activité,
Autant que la justice ou la captivité.
Un autre un peu buveur étant chez vous à table,
Aura gâté le meuble où vous l'avez placé;
Il aura pris d'un plat ou bien l'aura cassé,
Le punirez-vous donc d'une peine semblable?
Que feriez-vous de plus, si perfide ou voleur,
Il vous eût dérobé vos trésors, ou l'honneur.
Non, je ne puis souffrir de pareilles maximes,
Ni voir un philosophe égaler tous les crimes;
C'est vraiment être injuste, & voilà votre erreur.
Quand les premiers humains naquirent sur la terre,
Ils n'eurent dans ces tems qu'une barbare voix;
Ils étoient pêle-mêle assemblés dans les bois,
Et pour un peu de gland, ils se faisoient la guerre,
Ils se battoient tout nuds, sans voiles, sans habits;
D'une branche arrachée, ils fabriquoient des lits,
D'une autre plus épaisse ils se firent des armes,
Ce fut une massue; un arbre & fort & gros.
Après, pour chaque objet ils créerent des mots,
Ils formerent des sons pour peindre leurs allarmes,
Et donnerent un nom à leurs objets nouveaux.
Enfin las de se battre avec les animaux,
Las de livrer entr'eux de sanglantes batailles,
Ils quitterent les bois, formerent des murailles,
Bâtirent des cités, établirent des loix,
Et chacun eut son nom, sa fortune & ses droits.
Alors on défendit le meurtre & l'adultere;

On en fit dès ce tems une loi bien févere,
Car on ne peut penser qu'Hélene & Ménelas,
Livrerent les premiers ces dangéreux combats,
Où les Grecs en fureur vinrent embrâser Troye;
Vénus avoit déjà plus d'une illustre proie.
Et les amans vainqueurs écrasoient les vaincus.
Ainsi remontons tous aux premiers tems du monde,
L'origine des loix fut l'excès des abus;
On craignit du plus fort l'injustice profonde,
Et que de la nature un faux pressentiment,
Ne sçut pas discerner l'injuste du coupable;
On mit un terme sage à ce raisonnement:
On mit un juste frein au puissant redoutable,
Et même à chaque faute, on mit un châtiment.
Ainsi ne croyez pas qu'on confondit les crimes;
On mesura la peine aux fautes des victimes,
Et la loi distingua le larcin du voleur;
C'étoit bien éloigné de ce hardi censeur,
Ce sage si vanté, ce févere Chrisippe,
Il dit: Tout mal est crime, un crime vaut la mort,
Il faut donc condamner & le foible & le fort:
Ce principe est févere, oui, mais c'est mon principe,
Et je ferois encor ici la même loi,
Si le Peuple à son gré me proclamoit son Roi.
Quoi, Chrisippe, eh! tu l'es; tu nous dis que le sage,
Est plus riche, plus beau, plus grand qu'un Souverain;
Pourquoi donc demander ce qu'on a pour partage?
Non, vous ne savez pas pénétrer dans mon sein,

Me répondit Chrisippe ; il est vrai, je remarque
Que dans cet univers, sur la terre, ici bas,
Le Sage est vraiment tout ; mais il n'est vraiment pas
Chanteur, Musicien, Ouvrier & Monarque ;
Il en a la puissance, il sait juger la loi,
Il est le plus savant, voilà comme il est Roi.
Fort bien, mon cher Chrisippe, & malgré ta puissance,
Tu sors.. & des enfans vont avec insolence,
Insulter à ta barbe & te manquer d'égards,
Voilà donc ce grand Roi, sa grande renommée.
Mais pour mettre à tes pieds ma foible destinée,
Quand tu seras si grand... moi je serai petit.
Je ferai mon bonheur de régler mon esprit,
D'élaguer mes défauts, de corriger mes fautes,
D'aimer avec excès mes fideles amis,
De leur pardonner tout, les erreurs les plus hautes,
Et sur-tout d'être heureux, sans suivre tes avis.

L'UTILITÉ

L'UTILITÉ DE LA SATIRE.

SATIRE IV.

Eupolis atque Cratinus, Ariſtophanes que Poetæ.

Ce Diſcours eſt rempli de ſages principes ſur l'utilité de la Satire, ſur les devoirs de l'amitié, ſur les moyens de ſe perfectionner ſoi-même ; enfin, ſur les ſages leçons qu'Horace avoit reçues de ſon pere, & la profonde eſtime qu'il en conſervoit dans ſon cœur.

CRATINUS, Eupolis, le grand Ariſtophane,
De la ſcene comique illuſtres fondateurs,
Démaſquoient dans leurs vers, les fourbes, les voleurs,
Un meurtrier perfide, un infâme, un profane,
Leur pinceau les peignoit avec fidélité:
Lucile nous montra la même liberté,
Et changeant ſeulement de forme & de meſure,
Il fut plaiſant railleur... Mais il fit des vers durs.

Et le plus grand défaut de sa vive censure,
C'est que ces vers féconds étoient souvent impurs...
On dit que sans changer un instant de posture,
Il en dictoit deux cent avec rapidité;
C'est d'un fleuve orgueilleux avoir l'activité;
Il se croyoit ainsi la verve d'un grand homme,
Il n'étoit qu'abondant... & souvent paresseux,
Il se livroit après au calme d'un long somme,
Et ne corrigeoit point des vers aussi nombreux:
Mais j'entends qu'au travail, un Crispin (1) me défie,
Allons. Prenons chacun des plumes, du papier,
Ayons des surveillans, faisons pâlir l'envie,
Et voyons qui des deux finira le premier.
Je sens, grâces aux Dieux, que j'ai peu de génie,
Je suis né trop timide, & trop silentieux;
Cher Crispin... imitez les forges d'Hircinie,
On y souffle toujours... soyez aussi verbeux.
Tandis qu'un Fannius s'érige une statue,
Qu'il se place lui-même au temple d'Apollon,
Mes écrits sont ici sans lecteurs, & sans nom,
Et ma verve timide est souvent inconnue;
Je ne récite pas mes modestes travaux...
On aime peu les vers... encor moins la satire,
On craint d'y rencontrer quelqu'un de ses défauts....
En effet parcourons, & Rome, & tout l'Empire;

(1) Crispin, mauvais Poëte très-abondant.

On trouvera par-tout, des fourbes, des flatteurs,
Et des défauts cachés dans le fond de nos cœurs:
Prenez qui vous voudrez.... personne n'est sans vice....
C'est, ou l'ambition, l'amour, ou l'avarice,
Ou des goûts dangereux, d'argenterie, & d'or!
Celui-ci plein de feu, va, revient, court encor
Du levant au couchant, & sur la terre entiere,
Il transporte son bien, comme un flot de poussiere;
A-t-il fait une perte, il veut la remplacer;
Est-il riche... or sur or il voudroit entasser...
Tous ces gens ont horreur des vers & du Poëte:
On croit que pour médire est formé son esprit,
On le croit dangereux, souvent on l'interprête,
Et l'ami de son cœur, on croit qu'il le flétrit;
Qu'enfin, ayant rempli sa satirique audace,
Il va la réciter par-tout de place en place...
Voilà donc vos propos... & voici votre erreur...
D'abord... Je le déclare, & je le certifie,
Je ne suis pas Poëte... & c'est peu qu'un Auteur,
Mesure quelques mots, les combine, les lie,
Mon style familier n'est pas la Poësie;
Il faut pour un Poëte... un sentiment divin,
L'ame grande, sensible, un esprit vif & fin,
Et comblé des faveurs dont Apollon l'honore,
Savoir des mots pompeux, choisir le plus sonore:
Voilà la Poësie... aussi balance-t-on,
Si le style comique est d'un Poëme, ou non;
On n'y voit ni grandeur, ni feu, ni véhémence;

Et peindre des erreurs, est sa seule science.
Un pere est furieux que son fils débauché,
Refuse à sa priere un parti favorable,
D'un infâme lien, il le sait attaché;
Il lui prouve aisément qu'il est inexcusable:
Oui même cette nuit, dans la chaleur du vin,
Un valet t'a conduit une torche à la main...
N'est-ce pas là le cri, le sentiment d'un pere.
On entend ses raisons, on ressent sa colere,
Et chacun reconnoît son fils & ses défauts.
Mais il ne suffit pas de joindre ainsi des mots,
Qu'un pere véritable exprimeroit lui-même:
Pour être grand Poëte... Il faut un art suprême...
Ainsi, j'en dis autant de Lucile, & de moi,
Nos vers sont, il est vrai, la peinture du vice,
On y voit la raison, la sagesse, la loi,
Mais un mot dérangé détruit notre artifice,
Et nous sommes bien loin de ces vers si fameux,
« Si-tôt (1) que la discorde, en effrayant la terre,
« Eut brisé tous les gonds des portes de la guerre »:
Voilà comme un Poëte est brillant & nombreux,
Et ses membres épars sont encor un Poëte.
Mais changeons de sujet... voyons... je le répete...
Comment à la satire imputez-vous du mal?
Faut-il proscrire ou non un sujet si moral,

(1) Vers d'Ennius, cités par dérision...

On le dit dangéreux... Etes-vous ſage, & juſte ;
Un juge bien ſévere effraye un criminel,
Celui-ci craint le ſceau d'un jugement auguſte,
Mais... qui ſait vivre en ſage... a-t-il peur d'un mortel ?
Je ne ſuis ni méchant, ni juge, ni ſévere,
Pourquoi me craignez-vous ?.. Voit-on quelque Libraire
Étaler mes écrits, les vendre, les citer ;
Me voit-on en public courir les réciter ;
Sont-ils entre les mains du Peuple & d'Hermogene,
Non.. A mes ſeuls amis, je les montre avec peine,
Et même pour les lire, il faut qu'on m'ait forcé.
  Il eſt d'autres Auteurs qui bravent la critique,
Ils courent dans nos bains, & d'un ſon cadencé,
Ils tâchent d'y flatter la vanité publique,
Et ne s'informent pas ſi c'eſt hors de ſaiſon,
Si c'eſt le lieu, le tems, le bon ſens, la raiſon,
Rien ne les guide enfin... Mais vous, me dira-t-on,
Votre goût dominant eſt d'aimer la ſatire,
Et votre ſeul plaiſir eſt celui de médire....
  D'où me vient ce reproche... & quel en eſt l'auteur,
Ai-je un de mes amis pour mon accuſateur...
  Quiconque d'un ami médit en ſon abſence,
Qui ne le défend pas quand il eſt accuſé,
Qui lance avec malice un trait bien aiguiſé,
Qui ſurpaſſe le vrai, trahit la vraiſemblance,
Qui vient vous raconter ce qu'il n'a jamais vu,
Qui divulgue un ſecret, qui ne ſait pas ſe taire,
Voilà l'homme méchant, infâme, ſans vertu ;

Et l'ami dangereux dont il faut se défaire.
Enfin sur nos trois lits, dans un brillant souper,
De douze conviés, l'un s'égaye, s'anime,
Plaisante son voisin... badine un étranger,
Et ne craint pas qu'ainsi chacun le mésestime ;
Il épargne un instant le maître du festin...
Mais est-il un peu plus animé par le vin,
Il lui lance à lui-même un trait de sa satire :
Alors on applaudit ; vous ne faites qu'en rire,
Vous le trouvez aimable ; & surtout amusant ;
Et moi... je vous parois un monstre, un médisant,
Pour dire avec le ton du simple badinage,
Rufillus de son ambre empeste nos palais,
Un autre est sans pudeur, Gorgius sent mauvais,
Voilà de la satire aiguillonner la rage.
On cite Petillus & ses concussions,
Sa rapine, ses vols, ses dissipations,
Vous... vous le défendez, & selon votre usage,
Vous dites.. c'est à tort.. je lui dois mon appui;
Il fut mon compagnon dès ma premiere enfance,
J'ai de son caractere entiere connoissance :
Il a rendu service à moins riche que lui ;
Et j'affirmerois bien qu'il ne fut pas coupable,
Mais... je serois surpris que sans honte ou sans mal,
Il évitât le sceau d'un jugement fatal...
La justice tardive est plus inexorable...
Ah ! voilà le venin... le dangereux poison,
Qu'on ne verra jamais circuler sous mon nom ;

Mon cœur en eſt bien pur, & ma langue incapable,
J'en réponds, j'en ſuis ſûr, je l'affirme aujourd'hui,
Autant qu'un homme enfin peut répondre de lui.
Si pourtant quelquefois par ſimple badinage,
Je peins quelques défauts avec fidélité,
Si je prends en riant un peu de liberté,
On doit me pardonner... la critique rend ſage.
Ainſi jadis mon pere exprimant ſes leçons...
Pour exemple, du vice empruntoit les poiſons.
Vouloit-il m'exercer à vivre avec ſageſſe,
A ſentir tout le prix de la frugalité,
A fuir tous les excès de la frivolité,
A conſerver ſon bien acquis par ſa tendreſſe :
Voyez, me diſoit-il, Albius, & ſon fils,
Comme ils ſont écraſés du poids de la détreſſe ;
Voyez où de Barrus les enfans ſont réduits ;
Ne les imitez pas... Mon fils... qu'ils vous apprennent
A ménager les biens que mes ſoins ont acquis,
Et que ces grands malheurs à jamais vous retiennent.
Enſuite vouloit-il pénétrer dans mon cœur,
Y ſemer avec fruit le germe de l'honneur :
Fuyez... fuyez les nœuds de toute courtiſane,
Et vivez, diſoit-il, autrement que Sectane.
Vouloit-il me montrer les goûts qui ſont permis,
Me faire reſpecter de reſpectables femmes,
Et m'empêcher ſur-tout d'outrager leurs maris :
Voyez Trebonius... ſes impudiques flammes
Ont cimenté ſa honte & ſa deſtruction :

Allez, ajoutoit-il... un maître plus habile
Vous expliquera mieux une sage action ;
Il vous dira comment le beau devient utile,
Il me suffit à moi de vous montrer combien
Votre sage conduite a mes yeux devient chere :
Je suis de votre cœur, le guide & le soutien,
Et fais ce qu'autrefois pour moi faisoit mon pere:
Quand l'âge aura calmé le feu des passions,
Quand vous serez instruit, vous marcherez sans maître..
Voilà comme un bon pere avec moi savoit l'être,
Il plioit mon enfance à ses instructions ;
Vouloit-il m'exciter aux grandes actions,
Des graves Magistrats il pénétroit le temple,
Et me citoit des grands le respectable exemple.
Désiroit-il enfin me détourner du mal ;
Croyez-vous que le bien au vice soit égal ?
Regardez tels & tels, dégrader leur famille,
Et vivre sans honneur, sans respect, & sans nom ;
Le trépas d'un voisin sert souvent de leçon,
La vertu, de la crainte est quelquefois la fille ;
De même les malheurs, les exemples frappans
Etonnent notre enfance, un grand trait fortifie...
La peur d'être mal sain, souvent nous purifie,
Et de l'expérience on est tous les enfans.
Voilà les grands avis que me donnoit mon pere,
Ils m'ont su préserver des plus honteux défauts :
J'en ai beaucoup encor... mais un ami sincere,
Et ses conseils,. & l'âge,. & ses sages propos

Pourront d'autres erreurs aisément me défaire :
Moi-même dans mon lit... je rêve à ces erreurs ;
Je me dis en suivant nos superbes portiques,
Corrige tel défaut... épure ainsi tes mœurs...
Ceci conviendroit mieux... & les vertus antiques
Nous donnent des amis, & nous rendent meilleurs.
Un tel se conduit mal... Ah ! serois-je capable
D'imiter son orgueil, & d'être aussi coupable...
  Voilà de ma raison les utiles efforts ;
Mes levres de ces mots sont toujours agitées,
Et vite à mon retour je rime (1) ces pensées...
  Mais c'est encor ici le moindre de mes torts ;
Si vous ne m'excusez, des flots de nos Poëtes
Me prêteront bientôt leurs indiscrets secours,
Et vous ne savez pas les maux que vous vous faites,
  Car ainsi que les Juifs (2) s'augmentent tous les jours,
Vous vous verrez forcé d'être un de nos Prophetes.

---

(1) J'ai osé mettre *rimer*, pour dire, mettre en vers : on sait bien que les latins ne rimoient pas...

(2) Il falloit que les Juifs fussent très-nombreux à Rome, du tems d'Auguste, & l'on voit dans la Satire du Fâcheux, qu'on respectoit publiquement leurs fêtes & leurs usages.

VOYAGE DE BRINDES.

SATIRE V.

Egressum magnâ, me accepit Aricia, Româ.

Ce Voyage est regardé avec justice comme un modele de narration ; mais il nous offre encor des remarques bien intéressantes, sur les lieux qu'Horace parcourt ; sur le grand objet de ce Voyage ; sur les grands hommes dont Mécene s'y fait accompagner ; sur la modestie de leur marche ; enfin sur les usages de ce tems-là, où l'on donnoit déjà aux Voyageurs d'Etat, le couvert, le feu & le sel, mais rien au-delà.

UN jour je quittai Rome, & gagnant Aricie,
Je fus modestement dans une hôtellerie ;
L'illustre Héliodore, un Grec & grand Rheteur,

Voyageoit avec moi, j'aimois sa compagnie;
Et nous suivions tous deux le sentier de l'honneur:
Du marché d'Appius, de ce petit village
Rempli de Matelots, & de Cabaretiers,
Le lendemain au soir nous voyons le rivage;
Nous fîmes ce chemin en deux soleils entiers:
Voir de beaux monumens adoucit le voyage (1):
Là, des eaux de marais étant le seul breuvage
Que put nous procurer ces humides cantons,
Je voulus m'en priver; je vis mes compagnons
Etre à table, souper, & n'osai me permettre
De goûter aucun mets... La nuit venoit soumettre
La terre à son empire... On voyoit dans les cieux
Les étoiles épandre une clarté légere:
Lorsque nous entendons nos valets furieux,
Avec nos matelots se déclarer la guerre:
Aborde... Viens ici... Nous sommes déjà trop,
Veux tu qu'on soit trois cents dans ta foible nacelle.
Vous êtes des coquins... c'est assez... Hola! ho!
Chacun paye... & l'on voit la mulle qu'on attelle:
Mais dans ce grand vacarme, ou dans cette querelle,
On passe une heure entiere.. & nous nous embarquons:
Le cousin, la grenouille en ces marais profonds,
De son cri, de son dard, nous tourmente, nous blesse,

---

(1) La voie Appienne étoit superbe, & ornée de tombeaux.

Le matelot buvant nous chante sa maîtresse,
A son bruit discordant le voyageur répond,
Et chacun fatigué termine sa chanson.
On s'endort... Aussitôt le Marinier, le Maître,
Dételle notre mulle, & la laisse aller paître:
A quelque gros rocher attache son bateau:
Il repose... & nous laisse immobiles sur l'eau.
Le jour venoit déjà répandre la lumiere,
Nous nous éveillons tous... on voit l'homme qui dort;
L'un de nous à l'instant, furieux, saute à bord,
Donne à ce paresseux plusieurs coups d'étriviere;
Vers dix heures à peine, enfin nous arrivons
Auprès de Féronie, où Junon adorée
(Cette grande déesse, avec différens noms,
Avoit une fontaine, & limpide & sacrée.)
Je m'y lave à l'instant le visage, les mains,
Je déjeune, & prenant par de nouveaux chemins,
Nous arrivons le soir aux murs de Terracine,
Au haut de ces rochers, où rien ne prend racine;
Là, devoient arriver Mécene, & Cocceius,
Ce grand homme de loi... Tous deux étoient venus
Pour accorder les droits d'Antoine avec Auguste,
Le rendre tout puissant, sans cesser d'être juste:
Ils étoient donc chargés de très-grands intérêts,
Ils mettoient leurs talens à cimenter la paix.
Là, j'applique à mes yeux le collire ordinaire:
Mécene arrive alors, ainsi que Cocceius,
Et l'intime d'Antoine, appellé Fonteius,

L'illustre

L'illustre Capiton... cet homme si sévere,
Si sage, si modeste, & si célebre enfin,
Qu'il n'avoit point d'égal.. Après.. le lendemain
Nous sommes à Fundi : nous le quittons bien vite,
Car un Anfidius, le prêteur de ces lieux,
Avoit dans ce pays un abord orgueilleux;
Jadis simple greffier, il avoit à sa suite
Les marques d'un Consul; on portoit devant lui
Un vase, un peu d'encens; il se croit notre appui;
Nous fuyons, & gagnons la ville de Mammure;
Nous eûmes pour la route une foible monture,
Nous étions fatigués, & nous nous délassons,
Chez Capiton souper, chez Murra nous couchons.
Mais que le lendemain fut un jour agréable !
J'arrive à Sinuesse, & là nous y trouvons
Virgile & Varius, chers amis dont les noms,
Ainsi que Plotius, ont un accent aimable,
Sagesse, esprit, candeur; non la terre jamais
N'a réuni sur nous de si rares bienfaits :
Quel plaisir ! quels transports de tendresse & de joie !
Nous nous embrassons tous, notre cœur se déploie,
Nous sommes tous ravis, nous sommes enchantés,
Et je le sens encor... Non rien n'est comparable
Au bonheur de trouver un ami véritable.
Dans une métairie étant tous arrêtés,
Nous y passons la nuit... Là, sont des commissaires
Obligés de fournir aux Voyageurs d'État,
Pour leurs simples besoins, les objets nécessaires,

Le couvert, & le feu, le ſel... rien au-delà...
Le lendemain enfin nous ſommes à Capouë,
Il étoit de bonne heure, & Mécene auſſi-tôt
A la paume s'exerce, il ſe diſſipe, il joue,
Lorſque Virgile & moi nous prenons du repos:
Il ſoignoit ſa foibleſſe, & je ſoignois ma vue:
Après chez Cocceius l'aſſemblée eſt reçue,
Dans ſon vaſte domaine on eſt tous réunis;
O muſe! inſpire moi; répete à ma mémoire
Les mémorables faits d'une comique hiſtoire:
De deux bouffons fameux qu'Auguſte avoit chéris;
Redis-moi le combat... leur naiſſance, leur vie;
Cicerus, l'un des deux, étoit de Campanie, (1)
Sarmentus fut eſclave, & même fugitif:
Ces deux héros étoient d'un orgueil exceſſif:
Sarmentus à l'inſtant dit à ſon camarade,
Oui, tu n'eſt à mes yeux qu'un cheval de parade.
Nous de rire auſſitôt... & Cicerus répond,
Je reçois ton défi, j'en accepte le nom,
Il ſecouoit ainſi ſon épaiſſe criniere:
L'autre... On a donc coupé la corne de ton front!
On nous a délivré d'une arme meurtriere,
Tu ſerois dangéreux... tu n'es que menaçant;
Tu voudrois nous montrer un viſage innocent,
Mais on te voit encor ta vaſte cicatrice,

(1) Pays de Capouë, rempli de coquins & d'infâmes.

Ton front est ulceré, tu nous parois affreux :
Ah ! c'est le reste imput du sang de tes ayeux.
Après l'avoir raillé d'un si vilain supplice,
Il le prioit encor, & malgré sa laideur,
De danser le Cyclope... & qu'il feroit horreur ;
Que sans masque il pouvoit imiter la nature :
Cicerus à ces mots, répond une autre injure ;
O toi dont l'esclavage a consacré le nom,
As-tu voué ta chaîne aux dieux de ta maison ;
Quoiqu'illustre greffier... crois-tu que ta maîtresse
N'ait pas encor le droit d'aller te réclamer.
Pourquoi fuir.. un peu d'orge offensoit ta foiblesse...,
Est-ce qu'un avorton a besoin de richesse.
Toute la table alors rioit à se pâmer,
Nous éclatons long-tems, & j'en ris même encore.
D'ici nous allons tous d'un trait à Benevent,
Là, notre hôte empressé, qu'un beau zele dévore,
Voulant nous régaler de grives du printems,
Venoit de mettre en feu son antique cuisine ;
En brûlant ces oiseaux, il pensa nous brûler ;
On voit soudain le feu briller, étinceler ;
La flâme en tourbillons bientôt nous avoisine ;
Elle s'étend, s'élance, & vole jusqu'au toit,
Les maîtres, les valets accourent... On les voit
Se mêler, se presser, éteindre cette flâme,
Sauver sur-tout les plats... Le calme vient enfin,
Et chacun moins craintif, tranquillise son ame.
Ensuite en reprenant encor notre chemin,

Nous découvrons bientôt ces montagnes chenues,
Ces rochers de la Pouille, élevés jusqu'aux nues;
C'est mon pays natal.. tous les ans je le vois,
Et crois toujours le voir pour la première fois.
Mais ces monts élevés, d'un lieu qui m'intéresse,
Les fougueux Aquilons les tourmentent sans cesse;
Nous y serions peut-être encore restés long-tems,
Si nous n'étions entrés dans une métairie,
Près d'un très-petit bourg appellé Trivicie:
Une fumée horrible y fatigua mes sens;
(Je ne puis exprimer les maux que j'en ressens;)
On brûloit quelque branche, & des feuilles mouillées
Mes paupieres bientôt en furent inondées:
Là, je fus assez fou pour attendre la nuit;
Une jeune personne, une esclave charmante,
Je l'attendis envain... l'amour m'avoit séduit,
Le sommeil vint enfin terminer mon attente.
Le lendemain montés chacun dans un grand char,
On fait longues journées, & le soir on arrive
A certaine cité, dont ma muse retive
Ne peut dire le nom, il se refuse à l'art;
Mais de le désigner, il n'est pas difficile;
Imaginez-vous donc qu'ici dans cette ville,
L'eau s'y vend assez cher, & chaque voyageur
De son pain excellent, par prudence en emporte;
Jusqu'à Canuse enfin, soi-même on le transporte;
Canuse, Diomede étoit ton fondateur,
Ton pain étoit mauvais, & tes eaux étoient rares:

Là, plaintif & chagrin, notre ami Varius
Nous quitte... & ses amis le pleurent encor plus,
De larmes nos amis ne sont jamais avares.
  De Canuse, & fort tard, à Rubes nous allons;
Nous étions fatigués, les chemins étoient longs,
Ils étoient imbibés d'une pluie abondante :
Le lendemain encor la route étoit glissante,
Nous venons à Barry... le ciel fut assez beau,
Ensuite nous allons jusqu'aux murs d'Egnatie;
Les Nymphes en colere ont mis ce lieu dans l'eau,
Et tous les habitans ont un grain de folie :
  Ils vouloient nous prouver que sans feu, sur l'autel,
Leur encens s'enflammoit par un souffle immortel :
Que le Juif Appela le croie & le publie,
Moi .. je ne le crois pas... & la philosophie
M'apprend que dans les cieux, assis tranquillement,
Les Dieux font leur bonheur de l'art de ne rien faire;
Ils laissent la nature opérer sur la terre, (1)
Sans partager nos biens, nos chagrins & nos maux,
Enfin libres de soins... ils vivent de repos:
Nous... de Brindes alors nous voyons le rivage,
Et je termine ainsi mes Vers, & mon Voyage.

---

(1) Il faut se souvenir que c'est un Payen philosophe qui parle.

LA VÉRITABLE NOBLESSE.

SATIRE VI, *à Mécene.*

Non quia Mæcenas Lydorum quidquid Etruscos.

Ce Discours est très-curieux, par l'influence que la Noblesse avoit chez les Romains, & par les bornes que Mécene lui savoit imposer : ensuite on y voit l'éducation d'Horace, les soins & les sollicitudes de son pere, ses sages leçons : la simplicité de sa vie, & son goût pour la modération & la paix.

QUOIQUE tu sois issu d'une Famille illustre,
Quoique de tes Ayeux, on connoisse le lustre,
Qu'ils soient nés de Toscans, d'antiques Lydiens,
Et qu'ils eussent souvent commandé nos armées,
Mécène, on ne voit point des simples Plébéiens,
Les familles par vous, être moins estimées,
Et moi, qui suis le fils d'un modeste affranchi,
Vous m'honorez encor du nom de votre ami.

Vous dites qu'un grand nom, est celui d'hônnête homme,
Qu'il vous importe peu de quel Pere on est né;
Vous aimez la vertu, si-tôt qu'on vous la nomme.
Enfin quoique de Grands toujours environné,
Vous savez comme moi, qu'avant le règne auguste
Du sage Tullius, né serf, & né sans nom
Des guerriers comme lui, d'une obscure maison,
Ont été des Héros d'un esprit noble, & juste,
Et leurs brillans succès ont eu de grands honneurs;
Tandis qu'un Lévinus, d'une race qu'on cite,
Qui chassa les Tarquins, ... n'avoit aucun mérite,
Et du Peuple jamais n'eut aucunes faveurs.
Ce Peuple si changeant, si fragile, si dupe,
Qui de simples dehors uniquement s'occupe,
Qui d'intriguans pompeux se laisse envelopper;
Ce Peuple si leger, si facile à tromper,
Qui donne ses faveurs à qui n'en est pas digne,
Et se laisse éblouir par une audace insigne;
Qui ne le connoit pas! Nous savons tous ses torts,
Nous savons le penchant de ce leger vulgaire;
Quel remede à ces maux? Que pouvons-nous y faire?
Jamais nous ne pourrons malgré tous nos efforts,
L'empêcher d'honorer un Seigneur sans mérite,
Et préférer un noble à tout homme nouveau,
Qui se présente à lui sans orgueil & sans suite:
Voilà de nos Romains le fidele tableau.
Si j'aspire au Sénat, que le talent m'y porte,
Que je ne sois pas noble, on m'en ferme la porte,

Le Censeur m'interdit, ... Vous êtes sans éclat,
Pourquoi vouloir ainsi sortir de votre état ?
Souvent on lui répond que le char de la gloire,
S'ouvre indifféremment au noble, aux roturiers,
Et les porte chacun au temple de mémoire ;
Que même la charrue a produit des guerriers.
Mais dis-moi, Tillius, que sert ton laticlave ? (1)
Tu le reprends envain & tu deviens Tribun ;
L'envie incessamment te poursuit & te brave ;
On te méprisoit moins dans un état commun,
Au lieu qu'en te voyant cette noble chaussure,
Et ta robe de pourpre, & ton haut brodequin,
On se dit aussi tôt, quel est cet homme enfin ?
A-t-il quelques ayeux dans la Magistrature ?
Quelle est donc sa famille ? est-elle noble ? ou non,
C'est comme un beau jeune homme, on demande son nom ;
Tout le sexe à seize ans, aussi-tôt l'interroge,
Quel est son air, son port, & sa taille, & ses yeux ;
L'une blâme ses traits, & l'autre en fait l'éloge.
De même, du pouvoir est-on ambitieux,
Veut-on être un soutien de l'Empire & de Rome :
Etre des Citoyens le vengeur, ou l'appui ;
Faire honorer les Dieux, & se montrer un homme,
Tout citoyen voulant se reposer sur lui,

(1) Vêtement des Sénateurs, à deux bandes de pourpre.

Demande ſes talens, ſes vertus, ſa naiſſance,
On craindroit d'affermir une injuſte puiſſance :
Jamais dit-on le ſang d'un Damas, d'un Syrus,
De tout eſclave, enfin, d'un vil Demétrius,
N'aura le droit ſacré de condamner le crime,
Du rocher Tarpeien lancer une victime,
Et condamner à mort un noble Citoyen.
Mais Novius, dis-tu, quoiqu'il ſoit un Edile,
Son pere n'étoit pas plus noble que le mien,
Il l'étoit encor moins .. tu nous le dis .. eh bien,
Plus grand que Novius, te crois-tu Paul Émile ?
Te crois-tu Meſſala ; te crois-tu plus utile ?
S'il eſt nommé conſul .. Ne te ſouviens tu pas,
Qu'il le doit à ſon air, à ſa voix de tonnerre,
A ce parler bruyant, & farouche, & ſévere,
Qu'il eſt toujours vainqueur des plus grands embarràs,
Que lui ſeul entouré de trois convois funebres,
De deux cents voituriers même des plus célébres,
Il ſe feroit entendre en nos grands entretiens,
C'eſt vraiment un mérite .. à préſent je reviens
A moi-même .. à ce fils d'un roturier modeſte,
Mécene, c'eſt vous ſeul ici que j'en atteſte !
On croit que d'un tel pere, on eſt humilié,
On croit que je voudrois qu'il reſtat oublié,
On aime à cenſurer ma modeſte naiſſance,
Et quand je ſuis admis à table auprès de vous,
On blâme votre choix, & votre préférence ;
Jadis comme Tribun, qu'on ſe montrat jaloux,

De me voir commander ma légion romaine,
D'aſpirer aux honneurs, ayant peu de domaine,
C'eut été juſte, & moi .. je l'aurois mérité;
Mais de votre amitié dont je ſuis ſi flatté,
Que l'on m'ôte l'honneur, & qu'avec injuſtice,
On diſe que le ſort ici m'a bien traité:
Je ne dois rien au ſort, & rien à ſon caprice,
Vos amis ſont peſés au poids de la juſtice,
Vous écartez au loin tous les ambitieux;
Et qui ſe conduit bien, vous l'en eſtimez mieux.
Virgile & Varius vous parlerent d'Horace,
Je parus devant vous, mais timide, ſans grace;
Je dis très-peu de mots; la honte, la rougeur,
M'ôtoient l'expreſſion, & reſſerroient mon cœur,
Je ne vous vantai point mon illuſtre naiſſance,
Mes rentes, mes maiſons, mes valets, mes chevaux,
Je vous dis qui j'étois .. vous me dites deux mots,
(Car voilà votre uſage, & c'eſt votre prudence,)
Je m'en vais .. & neuf mois après, vous m'appellez,
Je reparois alors, & là .. vous m'ordonnez,
D'être l'un des amis qu'en ſecret vous vous faites,
Je mis un très-grand prix à ce choix ſi flatteur;
Ah! que je fus heureux, Mécene, quand vous êtes
Si prompt à diſtinguer le vice, de l'honneur;
Vous ne voyez pas l'homme, en ſa famille illuſtre,
Mais vous cherchez ſa vie, & pénétrez ſon cœur,
Vous voulez des vertus, & non le plus grand luſtre.
A préſent ſi je n'ai que de légers défauts,

(Comme on voit quelque tache à des corps les plus beaux)
Si l'on ne peut encor m'imputer aucun vice,
La débauche, l'opprobre, ou même l'avarice,
Si je suis cher aux miens, & cher à mes amis,
Et si je suis enfin bon citoyen, bon fils;
Je dois tout à mon pere, il étoit pauvre & sage,
D'un très-mince domaine il possédoit l'usage,
Il en avoit assez, & ne voulut jamais
Que chez un Flavius se passât ma journée,
A régler des calculs de fonds, & d'intérêts,
Comme faisoient alors tous les jours de l'année
Nos enfans de Greffiers, & tous mes compagnons;
Ils portoient en leurs mains des sacs & des jetons,
Ils avoient sous le bras des stilets, des tablettes,
Et calculoient par mois, gains, profits & recettes.
J'étois bien jeune encor... Mon pere industrieux
Eut la noble fierté de me conduire à Rome,
Il s'y fixa lui-même, & m'en observa mieux:
Il voulut que son fils fut d'abord honnête homme,
J'eus les mêmes leçons qu'on donne aux chevaliers,
Aux fils de Sénateurs, & j'étois des premiers.
A me voir bien vêtu, suivi de quelque esclave,
Un pere près de moi, comme un gouverneur grave,
On m'eut pris pour l'enfant d'un riche Sénateur,
Oui! mon pere lui-même étoit mon gouverneur,
Chez mes maîtres sur-tout il guidoit ma jeunesse,
Il éclairoit mes pas; & dans chaque leçon

Il rassuroit mon cœur contre toute foiblesse,
Il m'éloignoit du vice, & même du soupçon:
Il évitoit ainsi qu'on ne lui fit un crime
De me voir comme lui, collecteur, ou victime
De cet amour de l'or qui trouble la raison.

Honneur à ta mémoire! O trop généreux pere!
Reçois de mon respect cette marque derniere:
Non, je ne rougis point d'en être descendu;
Tant que de ma raison j'aurai la jouissance,
Je bénirai mon sort, son nom, & sa vertu...
On ne m'entendra pas excuser ma naissance,
Dire: On ne se fait pas un rang, & des ayeux,
Je préfere les miens, & m'en estime mieux:
Et si du triste sort la sévere inclémence
S'adoucissoit pour moi, qu'on puisse rajeunir,
Se choisir des parens... Je voudrois en sortir;
Je voudrois naître encor de la même origine,
Elle est pour moi sacrée, immortelle, & divine.

Non... Je ne voudrois pas des faisceaux, des honneurs,
Je préfere mon rang au rang des Sénateurs.
On dira que j'ai tort... que je suis en démence,
Mais vous, Mécene, vous... vous direz, c'est prudence,
Comment lever un poids qu'on ne sauroit porter:
Car ne faudroit-il pas rehausser ma dépense,
Désirer de grands biens, vouloir les augmenter,
Faire ma cour aux Grands, être en leur dépendance,
Etre suivi par-tout de nombre de valets,

Avoir nombre de chars, de chevaux, de mulets,
Ne pouvoir jamais seul aller à la campagne,
Etre entouré toujours... Quant à présent, j'y vais
Sans faste & sans orgueil, un valet m'accompagne,
Je suis sur un mulet chargé de mes effets,
Et mauvais cavalier, je ne verse jamais;
J'arrive quand je veux, & vais jusqu'à Tarente,
On ne mesure pas mon train avec ma rente:
Tillius au contraire est-il nommé Préteur,
On le taxe aussitôt d'épargne & d'avarice,
Il va jusqu'à Tibur, non comme un Sénateur,
Mais à pied, cinq valets forment tout son service,
Ils portent ses effets, & ses provisions...
Pour moi, plus simplement, je brave les saisons,
Je vais seul où je veux, je marche, je m'arrête,
Je marchande le bled, les légumes, le vin,
Le soir je vais au cirque, & là c'est un devin,
Un diseur d'aventure, il m'amuse, il s'apprête
A me faire sa dupe, il s'en flatte... & soudain
Je retourne chez moi... là, j'ai quelque légume,
Des porreaux, & des pois, & de légers gâteaux,
J'y soupe, & trois valets m'y servent de coûtume;
Ils sont formés tous trois à mes justes propos;
Ils préviennent mes goûts, & moi je suis leur pere;
Sur un marbre bien blanc, ils m'ont tous préparé,
Deux caraffes, un verre, un bassin, une aiguierre,
Pour les libations la soucoupe ordinaire:
Tout étoit propre & simple, & tout étoit formé

De cette épaisse argile, ornée en Campanie:
Voilà l'apprêt frugal de ma modeste vie.
Ensuite je me couche, & n'ai pas le chagrin
De me voir tourmenté, pressé dès le matin,
D'aller me présenter à la place publique,
D'y trouver Marsias (1) menaçant Novius,
Le rejetter de l'œil hors de la république;
C'est un juge infidele, avide, & sans vertus.
A dix heures au moins, je me leve, je marche,
Je rêve, & réfléchis sur la moindre démarche:
Ou bien me trouvant seul, avec plaisir je lis,
Ou ce que j'ai pensé le matin, je l'écris;
Ensuite avec le jus d'une olive bien fine,
Je me rends souple & fort. Puis.. dans les plus grands jours,
Quand le feu de l'été me desseche, me mine,
Je vais au bain, du sang je modere le cours,
Et je soutiens ainsi la canicule ardente:
Alors bien raffraichi, mon valet me présente
Un déjeuner très-simple; on se fait un devoir
De n'être pas à jeun jusqu'au repas du soir.
Enfin je me repose... ainsi passe ma vie;
Ainsi libre de soins, de desirs, & d'envie,
Je vis d'oisiveté... Je suis bien plus heureux,
Que si de grands Consuls étoient mes grands ayeux.

---

(1) Statue qui étoit dans la place publique.

DISPUTE DE RUPILIUS REX, DANS L'ARMÉE DE BRUTUS.

SATIRE VII.

Proscripti Regis Rupili pus atque venenum.

Ce Discours paroît être un des premie. d'Horace, il a un style de Rhéteur qu'on ne trouve plus dans aucune de se Satires.

QUE d'un Rupilius je vous conte l'histoire :
C'étoit un Roi proscrit, sans royaume, & sans gloire,
Il en avoit le nom, & logeoit dans son sein,
L'audace, la malice, & son affreux venin :
D'un nommé Persius connoissez la vengeance ;
Tout le peuple & l'armée en eurent connoissance :
Ce Persius étoit moitié Grec & Romain,
Il étoit fier, altier, riche, colere, vain,

C'étoit un des fameux Marchands de Clazomene,
Il parloit avec feu ; déchiré par la haine,
Il étoit plus mordant que Sisene & Barrus :
Il eut donc un procès avec Rupilius,
Rien ne put accorder ces rivaux en colere ;
Plus on est courageux, plus sanglante est la guerre:
Voyez le grand Achile, & le bouillant Hector.
Ils ne furent jamais vengés que par la mort.
Leur courage indompté ne connut point de borne :
Tandis qu'avec le foible, un plus puissant se borne
A lui dicter la loi... d'humbles soumissions,
Il ne passe jamais aux grandes actions :
C'est ainsi que Glaucus implora Diomede.
  Enfin nos deux rivaux que la haine possede,
Ces deux fiers ennemis, Rupille & Persius,
Se rendent au bareau : (c'étoit devant Brutus,
Chef & Maître en Asie :) animés de colere,
Ils montrent de l'orgueil les excès à la terre.
Quand Persius commence... en esprit furieux
Il expose sa cause.. il atteste les Dieux ;
Il célébre Brutus, sa Cour, & son armée,
Il l'appelle Soleil, fils de la Renommée,
Ses Chefs sont des Heros & des Cieux le soutien;
Mais ce Rupilius est l'ennemi du bien,
L'astre ennemi des champs, & de l'agriculture :
Ce discours insultant étoit plein de figure,
Il rouloit comme un fleuve, ou bien comme un torrent
Qu'un Bûcheron évite, & dont il se défend.

Alors Rupilius las de ces invectives,
[Q]ui reproche à son tour les fautes les plus vives,
[L]ui donne tous les noms qu'ont souvent les époux,
[L]'appelle incestueux, lâche, insolent, jaloux,
[M]ais le Grec arrosé de cette amere absynte,
[F]ameux Brutus, dit-il, vengeur de cette enceinte,
[T]oi qui détruis les Rois, détrône celui-ci,
[C]'est de tous les mortels l'implacable ennemi;
[V]enge-toi, venge-nous, sa mort t'est réservée,
[Q]u'il meure, & par sa mort, la nature est vengée.

LES ESQUILIES, OU LES JARDINS DE MÉCENE.

SATIRE. VIII.

Olim truncus eram ficulnus inutile lignum.

Ce Discours est très-curieux par la peinture des Jardins de Mécene, par la fine plaisanterie d'Horace, sur les Divinités de pierre ou de bois, par les usages pour enterrer les morts; par le peu de police de ce tems-là, puisque les voleurs y étoient si communs; enfin sur les sorcières & les enchantemens connus & pratiqués de son tems, & dans les jardins du Ministre d'Auguste; ce morceau est de la plus grande éloquence.

JADIS je fus le tronc d'un stérile figuier,
Mon corps déraciné, languissoit inutile,
Quand un jour en rêvant, un habile ouvrier

Balança sur mon sort .. dans cette immense Ville,
» En formerai-je un banc .. ou bien ferai-je un Dieu?
Il m'a fait Dieu Priape, & je suis dans ce lieu,
Des jardins de Mécene, un gardien redoutable;
Je suis en cet état presque méconnoissable,
Je fais fuir les oiseaux, je fais fuir le voleur,
Et ma divinité les chasse, ou leur fait peur.
Ci-devant ces beaux lieux étoient le cimetiere,
Des esclaves, du peuple: une publique bierre,
Sans suite, sans parens, sans flambeaux, sans dehors,
Servoit dans leur misere à transporter les morts;
On voyoit arriver dans cette sépulture,
Les lâches, les bouffons, le vil Pontolabus,
Et tous nos débauchés tels que Nomentanus;
Sur un buste à l'entrée, on lit cette écriture:
Trois cents pieds de largeur, & mille pieds de long,
Que nul de mes parens n'hérite de ce fond,
Je le donne au public .. Séjour épouvantable!
Cet endroit à présent est un lieu délectable;
On y vient respirer un air & pur & sain,
Et ce lieu des tombeaux, est un charmant Jardin.
Mais nos voleurs hardis me donnent moins de peine
Nos oiseaux, moins de soins, que ces magiciennes,
Dont les enchantemens, les cris, & les autels,
Viennent troubler l'esprit des malheureux mortels;
Je ne pourrai jamais leur en fermer l'entrée,
Je ne puis les chasser .. & si-tôt que la nuit,
Vient de son astre pâle, éclairer ce réduit,

Si-tôt que de ses traits la terre est éclairée,
Elles vont déterrer les restes des humains,
Les ossemens séchés, les herbes venimeuses,
Et souillent de leurs pas, ces superbes Jardins.
Hier, hier encor deux Mégeres affreuses,
Sagana, Canadie, y vinrent les pieds nuds,
Les vêtemens noircis, les juppes relevées,
Le teint livide, affreux, les cheveux détendus;
De carnage & de sang elles sont altérées;
On les voit aussi-tôt l'une & l'autre courir,
De leurs doigts décharnés creuser avec mystere,
Une fosse magique, en soulever la terre,
Et l'arrosant de sang, y chercher l'avenir:
D'une noire brebis consulter les entrailles,
La déchirer des dents, & dans ces funérailles,
Evoquer tous les Dieux du ciel, & de l'enfer,
Invoquer les esprits au nom de Lucifer,
Leur demander raison de leurs désirs infâmes,
Et croire dans ces lieux y rassembler les ames.
Tout sembloit obéir.. & deux phantômes vains,
Servoient à couronner leurs magiques desseins:
L'un paroissoit de laine, & l'autre étoit de cire,
L'un supérieur à l'autre, avoit sur lui l'empire;
Il sembloit prononcer des peines, des tourmens,
Et l'autre paroissant humblement y souscrire,
De sa soumission, lui faisoit des sermens:
Aussi-tôt on invoque Hécate, Tysiphone;
A de grands hurlemens chacune s'abandonne,

Et l'on croit à l'inſtant, par des chemins divers,
Voir d'horribles ſerpens remonter des enfers :
La lune avoit horreur de ces horribles crimes,
Elle cache ſon diſque, à l'abri des tombeaux,
Et ne veut plus ni voir, ni montrer ces victimes.
Si je mens, dit le Dieu, que de triſtes oiſeaux,
Je puiſſe être ſouillé de toutes les ordures,
Qu'ils perchent ſur mon front, & que les aventures
De nos plus grands voleurs, de Jule, Voranus,
Et de nos débauchés tels que Nomentanus,
Se paſſent à mes pieds, & me bleſſent la vue,
Oui : mon ame divine en ſeroit moins émue.
 Mais comment vous conter ces objets différens,
Vous rendre les diſcours de ces lâches ſorcieres;
Les ombres répondoient à leurs enchantemens,
Quand je vis auſſi-tôt ces infâmes Megeres,
Enterrer, recouvrir, cacher profondément,
Une barbe de loup, & la dent d'un ſerpent :
La figure de cire, à l'inſtant enflammée,
Je n'en vis plus ſortir, qu'une épaiſſe fumée.
 Mais moi pour me venger de traits auſſi méchans,
L'air ſe preſſe en mon ſein, ſe dilate; je fends,
Et d'un ballon crevé, je fais le bruit horrible :
Elles tremblent de peur, & courent auſſi-tôt,
Retrouver dans nos murs un azile paiſible;
Elles vont dans la ville, y chercher le repos :
L'une perd en fuyant ſa fauſſe chevelure,

L'autre ses fausses dents : la magique figure,
Les herbes, les poisons restent de tous côtés,
Et l'on voit leurs débris épars, désenchantés,
Exciter le mépris de toute la nature.

LE FACHEUX D'HORACE.

SATIRE IX.

Ibam forte viâ sacrâ, sicut meus est mos.

Ce Discours a fourni à Molière le caractère plaisant de son Fâcheux : il contient quelques détails sur la Justice Romaine, la position du Palais d'Auguste, le beau portrait de Mécene, & une remarque à faire sur le culte des Juifs, dont les Fêtes étoient respectées à Rome, sous Auguste & le Paganisme.

Je suivois par hazard notre chemin sacré,
En rêvant à des riens, comme à mon ordinaire,
Je marchois tout pensif, & pesois à mon gré,

Le destin fortuné de n'avoir rien à faire ;
Quand un Quidam m'aborde en me serrant la main,
Eh ! bon jour mon ami, mon patron, mon voisin,
Comment vous portez-vous ? .. mon bonheur est extrême
De vous rejoindre ici :.. Je vous offre de même,
Lui dis-je, tous mes vœux.. A quoi vous suis-je bon ?.
Je savois tout au plus & son rang & son nom...
Nous sommes, me dit-il, des enfans d'Hypocrène,
Ne nous séparons pas :.. Je vous suivrai sans peine...
Je cherchois cependant le moyen d'échapper,
Je parle à mon valet... Je marche ... Je m'arrête..
Je feins d'avoir encor besoin de lui parler,
Mon homme me saisit, & me suit & s'apprête
A me poursuivre encore, à ne pas me quitter :
Tous mes sens sont émus .. Je vois qu'il me devance.
Oh ! comme Bollanus, en cette circonstance,
Eût écarté bien vîte un pareil indiscret !
J'eus beau faire semblant, & signe à mon valet,
Il fallut du fâcheux essuyer l'éloquence :
Il me vante nos bains, nos jardins, nos palais,
Et de la Ville enfin il sait tous les secrets....
Je ne répondois rien .. Il ne pouvoit se taire :
Vous voulez me quitter, dit-il, je le vois bien
Mais de mon amitié rien ne peut vous défaire,
Je vous suivrai par-tout .. Je ne regrette rien.
Ne vous fatiguez pas, lui dis-je.. Quelque affaire
M'appelle loin du Tibre, & c'est chez un ami,
Près du Palais d'Auguste, & bien distant d'ici...

Je

Je suis actif & fort, je ne crains pas la peine :
Je vais vous y conduire, & je vous en ramene ..
Je baisse alors le front ainsi qu'un accusé
Ou comme un vrai baudet de sa charge écrasé.
Alors il me commence une histoire, une fable ;
Si je me connois bien, dit-il, sans me flatter,
Je suis de vos amis le plus considérable,
Virgile & Varius ne peuvent m'égaler,
Je fais bien plus de vers : je suis bien plus aimable :
Je danse beaucoup mieux, & le plus grand Chanteur,
Hermogene, à votre œil, ne seroit pas meilleur :
Là ... Je suspends l'ardeur de ce brillant vertige...
Avez-vous une mere, ou des parens, lui dis-je ?
Etes-vous de leurs soins tous les jours entouré ?
Non ... J'ai depuis long-temps presque tout enterré ...
Qu'ils sont heureux de l'être .. Et moi seul je te reste ;
Acheve & conduis-moi bien vîte à mon tombeau,
Car je touche au moment prédit dès mon berceau ;
Une vieille Samnite .. En son urne funeste
Avoit fixé mon sort .. C'est le comble de l'art ..
Je ne devois mourir ni de toux ni de goutte,
Ni d'un mal de côté, ni trop tôt ni trop tard,
Non ... Que ce jeune enfant, disoit-elle, redoute,
Et la langue & l'ennui d'un triste babillard,
Car c'est le terme sûr qu'offre sa destinée.
Alors nous arrivons au Temple de Vesta,
Et nous voyons déjà le quart de la journée,
Quand mon homme étonné, dans l'instant s'arrêta...

Ici .. Je m'en souviens.. Il faut que je dépose..
Si je ne parois pas, je vais perdre ma cause;
Voulez-vous de vos soins m'assister un moment:..
Moi .. Je suis je vous jure, & j'en fais le serment,
Ignorant dans les loix, inhabile en affaire,
Je ne puis m'arrêter, & cours où l'on m'attend.
Aussi-tôt mon fâcheux s'arrête & délibere...
Vous quitterai-je ... Ou non ..' Je suis bien incertain..
Non... Je remets mon Juge & les loix à demain.
Je ne vous quitte point... il me suit, il s'élance,
Et moi triste & chagrin, je cede à mon vainqueur:
Eh bien.. Voulez-vous rompre un injuste silence...
Comment avec Mécene, êtes-vous, me dit-il?
» Mécene est un esprit sage, habile, subtil,
» C'est un génie heureux, une ame peu commune,
» Et personne n'a mieux captivé la fortune:
Si vous vouliez, mon cher, vous trouveriez en moi,
Un grand soutien chez lui; procurez m'en l'entrée,
Et je vous réponds bien, & vous donne ma foi,
De placer à vos pieds toute son assemblée.
Ah! Que vous savez mal juger sa renommée,
» Comment! Ignorez-vous que dans cette maison
» Il n'est aucune intrigue, aucune liaison
» Suspecte, ou dangéreuse, ou même intéressée;
» Jamais aucun méchant n'y trouva de l'appui,
» Chacun est à sa place, & le sage.. c'est lui.
Que m'apprenez-vous-là..Quoi ce n'est pas croyable,
Vous allumez en moi plus encor que jamais

Le désir d'approcher cet homme respectable ;
Eh bien.. Rien ne s'oppose à vos sages projets.
La vertu, les talens, vous ouvriront sa porte,
Vous n'avez pas besoin que l'on parle pour vous :
Mais le prémier abord est tout ce qui m'importe,
Si-tôt qu'on m'y verra, chacun sera pour nous,
Je gagnerai ses gens, & si l'un d'eux m'outrage,
Je sçaurai l'appaiser à force de présens ;
Alors je me tiendrai toujours sur son passage,
J'irai, je reviendrai, tous les jours.. En tout temps..
Je parlerai pour vous.. Je serai tout Mécene..
On ne peut ici bas rien amasser sans peine :
Comme il parloit ainsi.. Fuscus, mon cher Fuscus,
Arrive.. Il le connoît.. Il approche un peu plus,
Il demande où je vais.. D'où je viens.. Je respire...
Aussi-tôt par sa robe, en secret je le tire,
Je lui fais un clin d'œil.. Il voit mon embarras,
Et son regard malin semble encor me sourire :
J'enrage de bon cœur, je ne me retiens pas..
Vous aviez, cher Fuscus, un secret à me dire..
Oui.. Mais je le remets pour un autre moment :
C'est aujourd'hui des Juifs la plus auguste fête,
Voudriez-vous blesser leur superstition..
Je ne suis pas, dit-il, de leur religion,
Mais je suis foible encor.. Et le sage s'arrête..
Adieu : dans quelques jours nous serons plus heureu[x]
Est-il dans l'univers un destin plus affreux ?
Il me quitte, s'enfuit, & me laisse à l'orage :

Heureusement pour moi, voilà que mon fâcheux
Rencontre son rival qui l'appelle, l'outrage,
Où vas-tu scélérat? Puis il s'adresse à moi,
Je vous prends à témoin, il m'a manqué de foi;
C'étoit un bruit affreux, un horrible vacarme,
Il le traine au barreau, tout le peuple s'allarme,
Il accourt, & je fuis, Ainsi dans mon malheur,
Le divin Apollon fut mon Libérateur.

SUR LUCILE,

ET LES DÉFAUTS DE SA POÉSIE.

SATIRE X.

Nempe incompoſito dixi pede currere verſûs, Lucili....

Ce Diſcours nous préſente Lucile comme le premier Auteur de la Satire ; il nous préſente ſes incorrections ; & nous fait l'éloge des grands hommes de ce tems-là, Mécene, Auguſte, Meſſala, Varius, Plotius, & Virgile.

Oui je l'ai dit ſouvent, Lucile a des vers durs,
Nous devons le blâmer de ſes ſujets impurs :
Je ſouſcrirai pourtant que dans Rome on le loue ;
Le feu de ſa Satire, eſt brillant, je l'avoue,
Il ſait peindre le vice & chanter la vertu,

Mais son style est-il noble, est-il bien soutenu ?
N'a-t-il pas des défauts, est-ce un Poëte unique ?
Il ne nous suffit pas d'être badin, comique,
D'amuser le Public, d'être plaisant railleur,
On veut dans ses écrits qu'un délicat auteur,
Ait un style précis, serré, que sa pensée
D'aucuns mots trop nombreux, ne soit embarrassée,
Qu'il passe sans effort, du sévere, au plaisant,
Qu'il soit noble, élevé, doux, facile, amusant ;
Sans être trop mordant, que sa muse discrette,
Badine le Lecteur, & cache le Poëte :
L'arme du ridicule est plus forte en effet,
Que la sage raison ; le ridicule plaît,
Et c'est le grand succès de la scene comique ;
Veut-on peindre à grands traits le ridicule antique,
Il faut des anciens être l'imitateur,
Et non comme Hermogene être leur détracteur,
Et ne connoître en vers que Calvus & Catulle ;
Un vers trop amoureux est souvent ridicule :
Un autre veut mêler le grec & le latin,
Il croit se distinguer, être savant & fin,
Alors les ignorans jugent bien difficile,
De bigarer ainsi son sujet & son style ;
Que ce mélange heureux est comme ces bons vins,
Qu'on rend meilleurs encor, en mêlant leurs raisins,
Le Chio s'adoucit avec du bon Falerne,
Mais un vers.. Croyez-vous qu'il en sera moins terne,
Qu'il aura plus d'éclat, qu'il en sera plus beau,

Quand du romain au grec, on unit le pinceau :
Quoi si d'un Pétillus on défendoit la cause,
S'il falloit qu'un grand art au public en impose,
Qu'oubliant & l'amour & les loix de l'État,
Tu voulus le laver du nom de Péculat ;
Qu'ayant Publicola pour illustre adversaire,
Messala pour ton juge, un homme aussi severe,
Te permettrois-tu donc dans tes nobles écrits,
De joindre des mots grecs, aux mots de ton pays :
Ce mélange peut être en usage à Canuse,
Ce pays étoit grec, au moins c'est une excuse :
Mais moi faiseur de vers, de Rome citoyen,
Aimé de mon pays, ami du nom romain,
Que des grecs en mes vers, j'emprunte le langage !
Romulus une nuit m'en interdit l'usage,
Ce fondateur lui-même en songe m'apparut,
C'étoit vers le matin, son ordre prévalut :
» N'augmente pas des Grecs les immenses ouvrages,
» C'est transporter des bois dans nos forêts sauvages :
Il me dit.. Et se tut.. Moi je lui fus soumis,
J'aurai peut-être encor de nombreux ennemis,
Mais j'ai suivi la loi portée en cet oracle,
Et tandis qu'Alpinus par un soudain miracle,
Sans attendre qu'Achile ait écrasé Memnon,
Egorge son héros lui-même, & sans raison ;
Que pour peindre le Rhin, il en couvre la tête,
De fange & de limon.. Moi je cherche, & m'arrête,
A vous tracer ces vers que je ne crois pas faits,

Pour être déposés dans ce brillant Palais,
Où préside Apollon, où respirent les muses :
Fundanus n'aura pas de semblables excuses,
Il sait peindre un vieillard avare & soupçonneux,
Un Davus intriguant, un fils bien amoureux,
Lui seul sait imiter l'auteur de l'Andrienne,
Il peint avec succès les vices sur la scene :
Pollion sait chanter les Héros & les Rois :
Des plus fameux sujets, Varius a fait choix,
Et soutient fierement le ton de l'Epopée.
Mais toi, charmant Virgile, heureuse ta pensée,
Tu nous peins le bonheur, & les travaux des champs ;
Que me restoit-il donc à peindre dans mes chants,
La satire.. Un Varron l'avoit déjà tentée,
Plusieurs autres encor.. Mais la palme est restée,
A Lucile.. A ce grand & premier inventeur,
Ainsi je n'en serai jamais le détracteur,
Mais je l'ai déjà dit : c'est un torrent rapide,
Qui dans son cours fangeux se déborde, & sans guide,
Arrose en même tems les ronces, & les fleurs ;
Il a de très-beaux vers, mais beaucoup sans couleurs,
Homere, Homere même, est-il toujours sans tâche ?
Accius & Lucile ont un vers souvent lâche,
Et Lucile lui-même a repris Ennius,
Il a repris aussi le tragique Accius :
Mais souvent il badine, il s'accuse lui-même ;
Et ne croit pas des vers porter le diadême.
Qui peut donc m'empêcher de dire ses défauts,

Dire que ses sujets, ses vers sont inégaux,
Qu'ils ne sont pas toujours enfans de la nature,
Que sa muse est forcée, & souvent trop impure?
Mais si quelqu'un de nous n'est jamais satisfait,
Qu'il n'ait volé cent fois de sujet en sujet,
Qu'il n'ait mis sa pensée en rime trop facile;
Que du soir au matin il en écrive mille,
Qu'autant que Cassius il se montre verbeux,
Qu'il soit aussi diffus, moins lu, plus ennuyeux
Que cet auteur fécond, dont la fertile veine
Produisoit un écrit de semaine en semaine;
De ses travaux divers le nombre étoit si grand,
Qu'à former son bûcher, on l'a dit suffisant.
Au reste je le veux, dites donc que Lucile
Est plus fin, plus plaisant, plus limé, plus utile,
Qu'Ennius, & tous ceux qui l'avoient précédé;
Ce tems encor grossier, à peine étoit formé
Aux délicats moyens d'exprimer sa pensée;
Une muse naissante étoit récompensée:
Mais enfin, si Lucile écrivoit aujourd'hui,
Il blâmeroit les sons que vous vantez en lui;
Il blâmeroit ses vers, trop durs, & trop faciles,
Il changeroit ses plans, & ces mots inutiles,
Et refaisant ses vers, pour les rendre parfaits,
Il n'auroit de repos, qu'après les avoir faits.
Dans cet art difficile, il faut un grand courage;
Souvent sur le métier remettez votre ouvrage;
Que vos vers avec soin soient toujours préparés,

Ayez moins de lecteurs, mais qu'ils soient éclairés :
N'aspirez pas sur-tout à la gloire frivole,
D'entendre les citer dans une grande école ;
Pour moi, loin d'y penser, loin d'avoir ce goût là,
Je dis comme jadis la belle Arbuscula ;
Cette actrice en son tems, n'aspiroit pas à plaire
Au goût peu délicat d'un stupide vulgaire,
Elle cherchoit les vœux des Héros & des Grands.
Moi, de même, j'aspire aux applaudissemens
D'Octave, de Mécene, & des Grands de la ville,
Du fameux Varius, Plotius & Virgile :
Et vous, cher Pollion, vous, jusqu'à mon trépas,
Prêtez à mes écrits le charme qu'ils n'ont pas ;
Que le grand Messala leur donne son suffrage,
Que Servus & Bibule approuvent mon ouvrage,
Que mille autres savans que je ne puis nommer,
Puissent en me lisant, sourire, & m'estimer.
Mais toi, Démétrius, toi jaloux Hermogene,
Aux femmes du canton vas raconter ta peine,
Recites-leur tes vers, dénatures les miens,
Je te pardonne encor ces infâmes moyens :
Mais je vous parle trop, il faut pourtant me taire,
Qu'on porte cet écrit à peindre au Secrétaire.

SATIRES D'HORACE.

LIVRE SECOND.

DISCOURS EN VERS.

LIVRE SECOND.

LA CONSULTATION.

SATIRE I.

Sunt quibus in Satira, videar nimis acer & ultrà.

Dans ce Discours, Horace fait semblant de consulter s'il quittera la Satire. Il prend dans ce second Livre un nouveau genre, en admettant différens interlocuteurs, qui donnent à chaque Discours un nouvel intérêt.

A TREBATIUS, fameux Jurisconsulte.

HORACE.

PARMI tant de censeurs qui critiquent mes vers,
Mon cher Trébatius, que les goûts sont divers!

L'un condamne l'excès de ma vive Satire,
L'autre blâme mon vers, ou ma façon d'écrire,
Qu'il est souvent sans art, sans nerf & sans talent,
Et qu'on peut en une heure en faire plus d'un cent,
Dites moi donc ici ce qu'il faut que je fasse?

TREBATIUS.

N'en faites plus....

HORACE.

Vous voulez que je passe
Le jour à ne rien faire, à rêver, à languir,
Mais si je n'en fais pas, je ne puis point dormir:

TREBATIUS.

Passez & repassez notre Tibre à la nage,
On s'exerce, on se lasse, on en dort davantage;
Le soir bien fatigué, buvez d'excellens vins,
Le sommeil est le prix de nos brûlans raisins,
Mais si l'ardeur d'écrire, irrite vos paupieres,
Chantez, chantez César, ses exploits & ses guerres,
C'est un vaste sujet que mille ont entrepris,
Et vous aurez l'honneur d'en remporter le prix,

HORACE.

Sage & savant ami, quelle affreuse disgrace,
J'en ai bien le désir & n'en ai point l'audace;
Comment peindre en effet ces bataillons épars,
Ces casques, ces drapeaux, ces piques & ces dards,

Ce bruit épouvantable, & ce fracas des armes,
La mort versant par-tout ses plus vives allarmes
Nos citoyens vainqueurs, & les Gaulois vaincus :
Sous les coups des Romains, les Parthes abattus,
Tombant de leurs coursiers, & mordant la poussiere ;
Quels tableaux effrayans de tumulte & de guerre ?

TREBATIUS.

Mais enfin vous pouvez nous tracer sa valeur ;
Sa longue prévoyance, & même sa douceur,
Ainsi que Scipion fut chanté par Lucile.

HORACE.

Je n'y manquerai pas, mais mon pinceau débile
Pourra-t-il s'acquitter d'un si juste devoir ;
Aurois-je le talent de le bien concevoir ;
Et César fatigué d'une pensée active ;
Pourra-t-il m'accorder une oreille attentive ;
Lui qui craint les poisons de tout accent flatteur.

TREBATIUS.

Mais ne vaut-il pas mieux satisfaite son cœur,
Que d'un Pantolabus nous peindre la bassesse,
Ou d'un Nomentanus la honteuse foiblesse ;
Chacun craint pour lui-même un trait de ce pinceau ;

Et pour ternir l'éclat de ce brûlant flambeau ;
On vous blâme , on vous haït...

HORACE.

Que puis-je donc y faire ?
Voyez Milonius , voyez son caractère ;
S'il est surpris de vin , c'est un brillant danseur..
Castor est des coursiers le plus grand amateur ,
Son frère aime le ceste... Enfin chez tous les hommes ,
On voit différens goûts à tous tant que nous sommes.
Moi.. j'ai le goût des vers , j'en ai la passion ,
Et remplacer Lucile est mon ambition :
Ce Poëte écrivoit sans cesse ses pensées ;
Sans art , sur son papier , elles étoient tracées ;
Tantôt bien , tantôt mal , il les versoit toujours ,
Et sa vie étoit peinte ainsi dans ses discours ,
Comme on voit des tableaux consacrés dans un temple.
Or , de ce bon vieillard je veux suivre l'exemple ,
Moi sorti de la Pouille , ou né Lucanien ,
Car de ces deux États je me crois citoyen ,
Venuse est entre deux , & nos vieilles chroniques
Disent que des Romains les Magistrats antiques ,
Pour mettre un juste frein à ces cantons guerriers ,
Remplirent de soldats nos remparts tout entiers.
Mais en suivant le ton que Lucile me donne ,
Je ne veux dans mes vers déshonorer personne ;
Je veux que ma satire , & son âcre pinceau ,

Soit ainsi qu'une épée au milieu du fourreau ;
Je ne veux m'en servir qu'afin de me défendre ;
Qui pourroit m'attaquer n'osera l'entreprendre :
Mais puisse de la rouille être rongé ce fer ?
Puissé-je vivre en paix, ô puissant Jupiter !
Que personne jamais ne s'expose à me nuire,
Car mon vers aussitôt le nomme, & le déchire ;
Je publirai ses torts ; & ses vives douleurs
N'auront pour se venger que de stériles pleurs.
Servius menacé, de la loi nous menace ;
Canidie en fureur, a la honteuse audace
D'employer de son art les funestes poisons ;
Turius offensé montre ses passions,
Juge irrité, souvent contre vous il se range :
C'est la loi de nature, un offensé se venge ;
Le loup montre la dent, & l'immense taureau
Menace de son front : ainsi rien n'est nouveau ;
Du penchant de son cœur, chacun suit l'influence ;
Scœva dénaturé, voit sa mere en enfance,
Ses jours sont éternels, va-t-il les abréger ?

TREBATIUS.

Non... Sa main criminelle en connoît le danger.

HORACE.

Mais de loin il prépare un aliment mal sain,
Et plus il est discret, plus il est inhumain :
Enfin si tous les Dieux m'accordent l'avantage

De vivre encor long-tems... J'écrirai davantage ;
Si la faulx du trépas me conduit à la mort,
Jeune,.. ou vieux.. j'écrirai.. j'adoucirai mon sort,

TREBATIUS.

Ah mon cher ! je le vois, cette mort est prochaine,
Et d'un Grand, votre ami, vous sentirez la haîne :

HORACE.

Quoi, Lucile a bien su tout peindre dans ses vers,
Montrer au plus grand jour la honte des pervers ;
Et jamais on a vu le vainqueur de Carthage,
L'illustre Scipion le blâmer davantage,
Pour avoir peint ainsi l'orgueilleux Métellus,
Et pour avoir repris, & Carbon, & Lupus ;
Sur les premiers du peuple il versa donc sa bile ;
La vertu, dans ses vers, trouva seule un asile,
Il ne respecta qu'elle, & ses vrais favoris :
Cependant Lelius l'aimoit, en fut épris,
Et le grand Scipion avoit même l'usage,
Dans ses plus doux momens, dans les loisirs du sage,
Après s'être occupé des publics intérêts,
De goûter avec lui des entretiens secrets ;
De rire de ses vers, d'estimer son délire,
De s'amuser enfin du feu de sa satire,
En attendant le soir un modeste repas :
De légumes alors on servoit quelques plats,

Et c'étoit en ces tems le souper des grands hommes :
Pour moi, vivant ainsi dans les tems où nous sommes,
N'ayant point de Lucile, & l'art, & les talens,
J'ai pourtant comme lui vécu parmi les Grands :
J'en atteste vous-même, & j'atteste l'envie.
Qu'elle parle... Ai-je à craindre une injuste furie ?
Oui, si sa dent s'attache à ma fragilité,
Je saurai la briser avec ma fermeté.
Voilà, Trebatius, ma volonté dernière ;
Dites-moi si j'ai tort......

TREBATIUS.

Mais, je ne puis vous taire
Que vous courez encor un éminent danger ;
La sagesse des loix défend de se venger ;
Elle fixe à vos vers une sage mesure ;
Parler mal de quelqu'un, c'est lui faire une injure ;
La loi vous le défend, on vous fait un procès, (1)
Ainsi gardez-vous bien d'un vers dur & mauvais.

HORACE.

D'accord... Mais s'il est bon, personne ne le blâme,
César même sourit quand le bien nous enflâme,

---

(1) Il faut remarquer que la loi condamnoit à mort, quiconque invectivoit personnellement un Citoyen.

Quand on poursuit le crime, & qu'on en est exempt;
La loi, ni la raison, rien ne nous le défend :
Le juge à sa peinture, alors ne fait qu'en rire,
Et pour l'amour du bien, on absout la satire.

LA FRUGALITÉ.

SATIRE II.

Quæ virtus, & quanta, boni sit, vivere parvo.

Dans ce Discours superbe, Horace fait sans cesse contraster le vice & la vertu, la somptuosité & la modestie, l'avarice & la prodigalité; sous le nom d'Offellus, il peint la modération de son pere, & sa vie champêtre; enfin il finit par des principes profonds de sagesse & de philosophie.

ECOUTEZ mes amis, combien il est utile
De connoître le prix de la frugalité,
Nous disoit Offellus.. Villageois.. mais habile
A peser des vertus la sage utilité:
Ecoutez ses leçons.. Il étoit sans culture,

Mais ſagement inſtruit du moyen d'être heureux.
Suivez, nous diſoit-il, les loix de la nature,
Et fuyez de nos Grands les repas ſomptueux,
Car de ces grands excès on paſſe d'ordinaire
A l'éternel oubli des véritables biens:
L'abord.. ſoyons à jeun, pour entrer en matiere:
Pourquoi me direz-vous? Quels ſeveres liens?
Un Juge bien nourri, juge mal une affaire.
Mais.. courez vite un lievre, ou des courſiers fougueux:
Et ſi de nos Romains l'exercice vous laſſe,
Prenez comme les Grecs, la balle, ou d'autres jeux;
Lancez en l'air le diſque; & tâchez qu'il ſurpaſſe
Le diſque qui dans l'air vous avoit prévenu:
Alors: bien fatigué, bien altéré, rendu,
Qui peut avec dedain voir un repas modeſte?
Le mets le plus exquis, pour l'homme, c'eſt la faim.
Vous faudra-t-il du miel d'une côte céleſte,
Du Falerne excellent? non: du ſel & du pain,
Satisfont à l'inſtant l'eſtomac qu'on irrite;
La rareté d'un mets n'en fait point le mérite;
Le travail met un prix à tous les alimens.
Mais puis-je, direz-vous, au paon le plus ſuperbe,
Préférer cet oiſeau le plus ſimple des champs.
Ce paon que vous vantez, dont la queue eſt en gerbe,
Dont l'éclat eſt ſi beau, dont les yeux ſont ſi grands,
Enfin cette beauté.. dites, à quoi ſert-elle?
Vous offre-t-on l'éclat d'une plume ſi belle?
Vous ſert-on ſes couleurs? vous ſert-on ſa beauté?

Non : vous êtes l'enfant séduit par l'apparence :
Et voyons donc encor votre légèreté.
Tel poisson, dites-vous, est superbe, est immense,
Il est de telle mer.. vous le savez.. comment..
Est-il grand, on le coupe : il est donc différent...
Oui ! votre vanité n'a jamais de mesure ;
Vous voulez voir bien grand le nain de la nature,
Et ce qu'elle offre grand, vous le voulez enfant :
Enfin dans un grand plat je veux voir la figure
D'un énorme colosse, ou d'un monstre plus grand...
C'est bien là d'un glouton le vorace langage ;
« Vents brûlans du midi, corrompez cet ouvrage,
Nos mets le sont déjà, l'estomac engourdi
Les trouve sans saveur, les laisse, les dédaigne,
Et préfere l'aigreur du plus petit radi.
Notre Offellus encor remarque & nous enseigne,
Que chez les Grands on sert des olives, des œufs ;
Or la simplicité n'en est donc pas bannie,
Et nos goûts les plus sûrs, ne sont pas les plus neufs.
Mais voyez quelle règle il impose à la vie :
Tout excès est un mal.. l'avare est vicieux..
Avidenus, dit-il, grand avaricieux
Ne se nourrit jamais que d'olives gâtées
Et de mûres des bois, sans honte ramassées.
Il ne touche à son vin, que quand il est aigri,
Sa liqueur de Minerve aura le goût flétri ;
Et si dans quelque fête, ou lendemain de noce,
Vêtu plus brillamment, en public il paroît,

Goute à goute avec soin, il la verse à regret,
Et beaucoup de vinaigre arrose quelque cosse.
A tout excès contraire un prodigue est sujet..
Que fera donc chez lui l'homme prudent & sage?
A son voisin jamais il ne fera du mal,
Il sera bon, honnête, & noblement frugal.
Mais voyons donc encor l'éminent avantage
Qui se trouve toujours dans la frugalité :
D'abord, elle procure une longue santé;
Pour vous en assurer, fixez votre mémoire
Sur vos premiers repas, si simples, si légers,
On vit bien plus long-tems, on a profit & gloire :
L'abondance des mets est pleine de danger.
La bile avec excès se souleve, fermente;
On est environné d'une sombre vapeur,
Nos poulmons sont remplis d'une épaisse liqueur,
Et jour & nuit la toux s'irrite & nous tourmente.
Voyez un débauché sortir d'un grand repas;
Son corps est chancelant, il ne se soutient pas,
Il sent qu'à chaque instant sa foiblesse s'augmente,
Son visage est livide, il est décoloré,
Et ce corps fatigué des excès de la veille,
Appesantit l'esprit, & rend comme hébeté,
Ce soufle lumineux de la Divinité.
L'homme sobre au contraire, & repose & sommeille;
Il est plein de vigueur; dès la pointe du jour
Il vole à ses travaux, & si des jours de fête
Viennent de son labeur interrompre l'amour,

Il se livre à ces jeux que le public apprête,
Il est comme un Enfant avide du plaisir.
Enfin le tems vient-il appesantir son âge,
Il a moins de chaleur, avec moins de desir.
Plus sa vieillesse augmente, & plus il se ménage.
Dans les tems reculés, on dit que nos Ayeux
D'un sanglier bien gras se conservoient l'usage,
Et l'estimoient encor bien faisandé, bien vieux :
Leur goût étoit-il donc plus usé que le nôtre ?
Non.. ils vouloient ainsi qu'un ami trop tardif
Ne fut pas à leur table un spectateur oisif ;
Cet ami pouvoit être encor suivi d'un autre,
Ils vouloient donc se voir cette provision,
Et leur en servir même avec profusion.
Grands Dieux ! où sont les tems de cette bonhommie ?
Mais vous voulez peut-être aussi vous faire un nom,
Qu'on célebre un Héros des plaisirs de la vie ;
Quels beaux repas, dit-on, quels ragoûts, quels concerts ;
Quel homme.. on n'a rien vu d'égal en l'univers.
La louange est un son toujours plein d'harmonie,
Et l'on se croit bientôt illustré par des Vers...
Voilà des mots heureux.. mais ces folles dépenses,
Ces amis fastueux, ces festins & ces danses,
Ces délicats objets de la profusion,
En vous rendant sujets à la dérision,
Vous offrent tôt ou tard l'indigence & la honte.
Ajoutez à ces maux un beau-pere irrité,
Des parens mécontens, & vous desherité,

Il vous manque un lâcet pour la mort la plus prompte ;
Vous n'avez pas de quoi vous acheter la mort.
Voilà d'un fastueux le déplorable sort.
  Mais à de tels avis vous me direz peut-être,
Tenez ces beaux propos au pauvre Thrasius,
Il est dans le malheur, il saura le connoître.
Pour moi qui suis encor riche comme Crésus,
Qui peux traiter des Rois, peux nourrir des armées ;
Je puis... quoi.. tes beaux jours sont bientôt écoulés ;
Ingrat ! n'étoit-il pas des meres allarmées,
Des enfans sans état, des peres désolés.
Ils te voyoient puissant, sans être consolés.
Que ne relevois-tu nos Temples en ruine !
Pourquoi n'étois-tu pas des pauvres le soutien ?
Crois-tu que tes trésors prendront chez toi racine ;
Non.. tu verras bientôt naître l'adversité.
  C'est alors qu'on tira de ta folle dépense,
Il n'eut point, dira-t-on, de sensibilité.
  Qui donc verra du sort la commune inconstance ?
Qui sçaura la souffrir avec tranquillité ?
Est-ce une ame amollie, arrogante, hautaine,
Un riche efféminé, sans remords, sans desir,
Ou celui qui de peu se contentant sans peine,
Instruit par le passé, prévoyant l'avenir,
Sçait se donner la paix, même au sein du plaisir.
  Offellus à nos yeux prouve ce que j'avance ;
A sa terre jadis il donnoit tous ses soins,
Je l'ai vu modéré, sage dans sa dépense,

Et

Et ne satisfaisant que ses sages besoins :
Il avoit donc alors de fertiles campagnes,
Il laboure à présent un bien qui fut à lui,
Et parmi ses troupeaux, ses enfans, leurs compagnes,
Il se montroit heureux, comme il l'est aujourd'hui.
Il répétoit souvent.. j'ai toujours eu coutume,
Dans les jours les plus beaux de ma prospérité,
De vivre simplement de fruit & de légume;
Et quand il me venoit sans l'avoir invité,
Un voisin que le tems détournoit de l'ouvrage,
Je ne lui servois pas des mets bien apprêtés,
Mais un chevreau tout jeune, un oiseau du village,
Des raisins suspendus aux ardeurs des Étés,
Des figues, quelques noix, & puis.. rien davantage;
Après le jeu venoit; jusqu'à la fin du jour,
On versoit & vuidoit une coupe à son tour.
Alors avions-nous fait quelques excès de table,
Nous donnions à Cerès d'amples libations,
Pour des grains bien épais, tous deux nous la prions,
Et nous rendions ainsi notre jour délectable.
Or.. quoi.. qu'un étranger vienne nous tourmenter,
Que le sort nous poursuive, ou s'irrite, ou menace,
Eh! que nous fait le sort? que peut-il nous ôter?
Puis-je être plus petit.. tenir moins de surface,
Et vous, mes chers Enfans, en serez-vous moins forts?
Qu'un nouveau possesseur fasse encor plus d'efforts,
Sera-t-il plus long-tems le maître qu'on nous donne?
Ce champ n'est plus à nous.. il n'est pas plus à lui,

Car la terre vraiment n'appartient à personne ;
Elle est à la nature.. il nous chasse aujourd'hui,
Demain de grands malheurs le rendront leur victime,
Son héritier viendra faire crime sur crime,
Et lui ravir les biens qu'il nous avoit ravis.
Ils changeront de nom.. tel est donc mon avis,
On ne possede rien. on n'en a que l'usage,
Ainsi vous, mon Enfant, soyez doux, soyez sage,
Soyez simple, modeste, & bien sain, & bien fort,
Et sachez supporter l'infortune & la mort.

Il y a dans Lucien cette Epigramme Grecque.

D'Achemene je fus le champ,
Je le croyois alors mon Maître ;
Ménippe à présent prétend l'être,
Mais chacun ne l'est qu'en passant :
La chose est facile à connoître,
Car celui-là jadis me croyoit bien à lui,
Comme l'autre me croit posséder aujourd'hui,
A proprement parler je ne suis à personne,
L'usage de mon fonds n'ayant rien de certain :
Ou puisque la nature enfin,
M'ôte à l'un, à l'autre me donne,
Elle est propriétaire, & je suis son terrain.]]

LA FOLIE HUMAINE.

SATIRE III.

Sic rarò ſcribis, ut toto non quater anno......

Dans ce ſuperbe Diſcours, Horace veut prouver que tous les hommes ont un genre de folie, ou de paſſions; il les préſente toutes les unes après les autres, juſqu'à l'orgueil d'Agamemnon, qui ſacrifie Iphigénie ſa fille; enfin il ſe fait reprocher ſes défauts par Damaſippe, & finit par la Fable de la Grenouille, imitée par la Fontaine.

DAMASIPPE, Philoſophe Stoïcien, & HORACE.

DAMASIPPE.

Vous écrivez ſi peu, que dans un an entier
Vous ne demandez pas quatre fois du papier:

Vous n'êtes occupé qu'à polir vos ouvrages,
Et pour rimer un vers, vous effacez des pages:
Amoureux du sommeil, du plaisir & du vin,
Vous êtes désolé, déshonoré, chagrin,
De sentir votre veine inactive, & rébelle,
D'être si peu fécond, & si peu content d'elle:
A quoi vous sert-il donc de vivre retiré?
Vous vouliez être sobre, écrire, être admiré,
Vous aviez quitté Rome, aux fêtes saturnales;
Qu'a produit votre esprit en ces longs intervales?
Rien.. Il n'a créé rien.. Depuis un an entier.
Envain vous accusez la plume, le papier:
Vous dites que vos murs sont délaissés des Dieux,
Que ces Dieux irrités, sont sourds, silentieux,
Et voilà tout le fruit de vos belles promesses:
Vous étiez inspiré des Dieux, & des Déesses;
Je vais, nous disiez-vous, dans mon petit Palais,
Dans ma Maison des champs, j'y goûterai le frais,
J'y transporte avec moi mon Platon, mon Menandre,
Archiloque, Eupolis, je vais tous les entendre,
Ce sont mes compagnons, mes maîtres, mes trésors,
Je les lirai chez moi, je les lirai dehors;
Ainsi de nos jaloux j'appaiserai l'envie;
Qu'un auteur énervé facilement s'oublie!
Secouez la paresse, & sachez que l'honneur
Est le but fortuné d'un vigilant auteur.

HORACE.

O ſavant Damaſippe ! hélas ! que de ſageſſe ?
uiſſent les juſtes Dieux combler votre vieilleſſe,
)e grâces, de bienfaits, & qu'à vous le premier
ls accordent ſur-tout un excellent barbier (1).
Aais.. comment pouvez-vous auſſi bien me connoître ?

DAMASIPPE.

Depuis que de mon bien j'ai tout vu diſparoître,
Qu'entre les deux Janus j'ai perdu tout le mien,
J'ai ſoin du bien d'autrui, lorſque je n'ai plus rien :
On m'a vu curieux de vaſes bien antiques,
Entaſſer de Siſiphe autrefois les reliques,
Et bravant la cenſure, ainſi que les ſaiſons,
Acheter des jardins, de ſuperbes maiſons,
Et les vendre à profit, ſouvent avec uſure ;
On m'appelloit alors favori de Mercure.

HORACE.

Je le ſais.. De ces goûts vous êtes corrigé ?

DAMASIPPE.

Oui.. mais de goûts nouveaux mon cœur eſt aſſiégé,

---

(1) La barbe étoit la marque diſtinctive des ſévères Stoïciens ; ainſi Horace déſirant un Barbier à Damaſippe, lui ſouhaitoit moins de ſévérité, & ſe moquoit de ſa philoſophie.

Comme par des grands maux l'ame eſt anéantie,
Comme un deſir brûlant, ſe change en phrénéſie.

HORACE.

N'ayez pas avec nous un mal ſi dangéreux.

DAMASIPPE.

Horace, mon ami.. Non.. Réfléchiſſez mieux,
Tous les hommes ſont fous, & vous l'êtes vous-même,
Stertinius l'a dit, je le redis de même :
C'eſt à lui que je dois de ſi ſages avis,
C'eſt lui qui le premier voyant mes biens détruits,
Me fit porter la barbe, & ſuivre la ſageſſe;
J'étois en ce moment accablé de triſteſſe,
Je voulois braver l'onde, & m'y précipiter,
J'étois au bord du fleuve, & prêt à m'y jetter;
Arrête, me dit-il, d'une voix ſecourable,
Pour éviter un mal, tu vas être coupable,
Un fou ne rougit pas de vivre avec des fous,
Tous les hommes le ſont, & plus encor que nous.
Ecoutez donc les traits de leur honteux délire,
Si vous êtes le ſeul.. périſſez.. Je veux dire,
Que ſuivre tous ſes goûts, n'être que paſſion,
De mille & mille erreurs ſuivre l'impreſſion,
Vivre comme un aveugle, & s'ignorer ſoi-même;
Voilà ce que j'appelle une folie extrême;

Et Crisyppe & Crantor, & les Stoïciens
Disent tous, la sagesse est la source des biens;
Les Peuples & les Rois sont heureux, s'ils sont sages:
Voyons donc à présent leurs injustes ouvrages,
Voyons comme eux & nous, nous sommes insensés,
Je vais vous le prouver, écoutez, c'est assez.

(1) Ainsi que dans un bois que cent routes séparent,
Les voyageurs sans guide assez souvent s'égarent.
Ils vont à droite, à gauche, ils courent vainement,
La même erreur les fait errer diversement;
Chacun suit dans ce monde une route incertaine,
Selon que son erreur le joue & le promene,
Et tel est plus habile, & nous traite de fous,
Qui sous le nom de sage est le plus fou de tous.

On voit parmi ces gens des fous de toute espèce,
Les uns ont peur de tout, & telle est leur foiblesse,
Qu'ils s'imaginent voir dans un champ, devant eux,
Des rochers escarpés, des fantômes, des feux:
D'autres ne craignent rien, & leur ame emportée,
Brave les eaux, la flame, & la mer irritée:
Que leurs parens, leurs fils, leur épouse, leur sœur,
S'empressent de crier, transportés de frayeur,
Prenez garde au fossé, malheur à qui l'approche,
Vous allez rencontrer une effroyable roche,
Ces gens sont insensés, sourds, ils n'écoutent rien;

(1) Vers de Boileau.

Ainsi que Fusius , ce grand Comédien ,
Qui jouant dans son rôle Ilione endormie ,
S'endormit en effet ; le peuple rit , & crie ,
Ma mere.. à mon secours.. ma mere.. c'est envain ,
Il dort , & son sommeil étoit l'effet du vin.
Je veux donc vous prouver que les hommes vulgaires,
Ont ainsi que les Grands , des goûts imaginaires :
Qu'ils appellent des riens , des curiosités :
Damasippe est épris de fausses raretés ;
Celui qui les lui vend , le croyez-vous plus sage ?
Prêter sans qu'on nous rende , en a-t-on davantage?
Ne vaudroit-il pas mieux rejetter ce profit ,
Remercier Mercure.. & quoiqu'on ait écrit ,
Je promets de payer des sesterces dix mille ;
Ce billet dans vos mains vous devient inutile ,
Vous traînez au barreau votre ingrat créancier ,
Il sait tant de détours , & se multiplier ,
C'est un arbre , un rocher , un oiseau , c'est Protée ;
Une chaîne à ses mains n'est pas plus respectée ,
Il sait se dérober au plus sacré lien ,
Et rire à vos dépens , en ne vous rendant rien.
Si cet homme est un fou , son prêteur est-il sage ?
Emprunter , sans rien rendre , est l'être davantage :
Mais l'un & l'autre, ils ont le cerveau desséché :
Or , dévoilons un vice encore plus caché :
Tous les ambitieux valets de la fortune ,
Tous ces amans de l'or , par une loi commune ,
Aux traits du désespoir , je les vois condamnés ,

De vives passions ils sont environnés ;
Je peux donc vous prouver qu'ils sont tous en délire,
Aux avares nombreux réservons Anticyre,
Que de son ellebore on leur garde la part :
Mais il est des excès médités avec art ;
Qui fut plus insensé que ce fameux avare ;
Stabetus, en mourant, donna l'ordre bizare
D'écrire à son tombeau la somme qu'il laissoit ;
Et si son héritier par hasard y manquoit,
Si cette volonté n'étoit pas accomplie,
(Poussant jusqu'à l'excès l'erreur & la folie,)
Il vouloit qu'il donnât au Peuple en pareil cas,
Deux cents gladiateurs, avec un grand repas ;
Et même autant de bled qu'en moissonne l'Afrique,
« Et pour qu'un héritier ne soit pas mon critique,
» Je le veux, je l'ordonne, je n'ai point de tuteur,
» J'en garde la raison dans le fond de mon cœur ».

DAMASIPPE.

Cette folle raison me paroît singuliere,
Comment écrire ainsi son bien sur une pierre !

STERTINIUS.

Le tems qu'il a vécu dans ce triste séjour,
Le tems qu'il a passé jusqu'à son dernier jour,
Cet esprit égaré fut sans cesse en démence ;
Le vice, selon lui, n'étoit que l'indigence ;

Etre riche étoit tout, la gloire, la vertu,
L'art d'être chez les Grands superbement reçu,
Cet art d'être estimé plus que d'être estimable,
L'art de paroître heureux, l'art de paroître aimable,
C'est l'argent qui le donne, & l'art d'en acquérir :
Qui sait en amasser, sait se faire obéir,
Il est illustre, fort, courageux, juste, sage,
Il est Roi : sur la terre il n'est point d'avantage
Qu'il ne puisse obtenir.. Dans ce sentiment là,
En écrivant son bien, notre avare espéra
Que cette inscription serviroit à sa gloire,
Qu'un grand amas d'argent, grossiroit sa mémoire.
Du célebre Aristipe, on dit d'autres erreurs,
Il étoit trop chargé, comme ses serviteurs,
Au milieu des déserts de l'antique Libie,
Il fit jetter son or... A-t-il moins de folie ?

DAMASIPPE.

Un exemple pareil n'est pas un jugement,
Un procès n'éteint pas un procès différent.

STERTINIUS.

Mais si quelqu'un sans goût, sans aimer l'harmonie,
Amassoit avec soin des traits de simphonie,
S'il entassoit chez lui quantité d'instrumens,
Des guitares, des luths, en des tems différens :
Ou si n'étant point peintre, il avoit cent tablettes,

i de voiles sans nombre, il faisoit des emplettes,
t qu'il craignit la mer, & la fureur des flots;
N'assureriez-vous pas qu'il est au rang des sots:
Eh bien, sans en user, mettre somme sur somme,
ntasser autant d'or.. est-ce sage.. est-ce être homme?
Si pour un tas de bled, armé d'un gros bâton,
On me voyoit garder follement ma maison,
tre droit à ma porte, y faire sentinelle,
Ne me diriez vous pas: quelle pauvre cervelle!
l garde tout ce grain sans oser y toucher;
l se nourrit de feuille, on le voit dessécher;
l a mille tonneaux de nos vins de Falerne,
l boit du vin aigri, bien dégoutant, bien terne;
l a quatre-vingt ans, il est prêt de mourir,
l garde ses beaux lits, il craint de les flétrir;
l couche sur la dure, & même sur la paille:
Tel homme assurément mérite qu'on le raille:
Eh bien! pareille erreur saisit tous les humains,
ls sont avares, fous, ou sots, ou libertins.
Un pere avec excès incessamment ménage,
Son fils est un prodigue, aucun des deux n'est sage;
Ce pere crapuleux, craint de manquer de tout,
L'huile la plus commune est toujours de son goût,
Son corps est sans apprêt, sa tête est sans essence,
Il étoit plus soigné le jour de sa naissance.
Mais puisque tu peux vivre avec si peu de frais,
Pourquoi tant amasser, & t'avilir exprès?

Pourquoi vouloir ſans honte, employer le parjure,
La rapine, le vol, & le piege, & l'uſure :
Quiconque va jetter des pierres aux paſſans,
Et bleſſer ſon eſclave, on voit tous les enfans
Le ſuivre, & ſe mocquer de cette phrénéſie :
Egorger ſes parens, quelle inſigne folie ?

SCŒVA.

Que me dites-vous donc? que me reprochez-vous ?

STERTINIUS.

Ce n'eſt pas dans Argos qu'ils reçurent tes coups ;
Tu ne t'es pas ſervi du fer, ainſi qu'Oreſte,
Mais crois-tu que ce Prince à ſa mere funeſte,
Avant de s'être armé d'un poignard à la main,
Avant qu'à Clytemneſtre il ait percé le ſein,
N'eut pas déjà montré mille & mille folies ;
Il étoit agité de toutes les furies ;
Et même après ce crime, il n'en commit aucun :
Jamais on ne le vit, étant paiſible, à jeun,
Déshonorer Electre, ou bien bleſſer Pilade ;
On entend ſeulement cet orgueilleux malade,
Les accabler des noms qu'offre l'emportement.
Voyez Opimius, comblé d'or & d'argent,
Il eut le grand talent d'éprouver l'indigence,
Il ne ſe permettoit, malgré ſon opulence,

Dan

ans ſes jours de plaiſir, dans ſes jours de feſtins,
ue des raiſins de Veïe, & des plus mauvais vins;
l les buvoit encor dans un vaſe de terre:
n jour en léthargie, accablé de miſere,
es héritiers déjà dans le plus grand tranſport,
voient ſaiſi ſes clefs, vuidoient ſon coffre fort;
on Médecin actif, & prudent, & fidele,
ait placer une table, & plein d'un juſte zele,
y fait réſonner le ſon de ſes écus:
les y fait compter, les fais tomber deſſus:
e bruit réveille l'homme, il s'émeut, ſe ſouleve,
oyez.. voyez, dit-on, l'argent qu'on vous enleve,
llons.. & preſſez-vous d'en être le gardien:
uoi.. Je ne ſuis pas mort.. Veillez donc votre bien,
eillez.. & prouvez-nous que vous vivez encore:
Que faire.. ma foibleſſe, ou le mal me dévore:
on.. prenez ce ſoutien, prenez telle boiſſon;
Que coûte-t-elle.. peu. « Combien, dites-moi.. Non.
'eſt preſque rien.. huit ſols.. Ah! plutôt que je meure,
u mal que je reſſens.. Faut-il que je demeure
our être encor ruiné, pillé, trompé, volé.

DAMASIPPE.

Qui donc eſt ſage ici....

STERTINIUS.

C'eſt le moins inſenſé.

DAMASIPPE.

Et l'avare.....

STERTINIUS.

Est des fous le plus fou de la terre.

DAMASIPPE.

Mais, qui n'est pas avare, est donc juste, févere:

STERTINIUS.

Point du tout....

DAMASIPPE.

Philosophe, ah! dites-moi pourquoi.

STERTINIUS.

Je vais vous l'expliquer.. Allons.. Ecoutez moi..
Craterus voit au lit un homme, il est mauffade,
Son estomac est bon.. donc, il n'est pas malade.
Qu'il marche.. Mais ses reins, mais son mal de côté
Il faut donc le guérir de son infirmité:
Toi de même.. Tu n'es avare, ni parjure,
Tu n'as point, par le crime, effrayé la nature,

C'est bien.. & souviens-toi d'en rendre grâce aux Dieux:
Mais n'es-tu pas ardent, colere, ambitieux,
Prends vite, & sans tarder, le chemin d'Anticire;
Car vraiment, dites-nous, est-ce un moindre délire,
De jetter tout son bien, ou ne point s'en servir.
Servius, homme riche, étant prêt de mourir,
(Il habitoit Canuse, & c'étoit sa patrie,)
Fit venir ses deux fils, je vais quitter la vie,
Leur dit-il... Mais souvent je l'ai bien remarqué;
Vous, Aulus.. vous brûlez de générosité,
Vous ne reservez rien, vous donnez sans mesure.
Et vous, Tibere.. vous.. craignez la moindre usure,
Vous êtes ménager, secret, & soupçonneux;
Je crains que vous n'ayez un grand défaut tous deux;
Ainsi je vous conjure, au nom de tous nos Lares,
Au nom de tous nos Dieux: Vous.. fuyez les avares,
Vous, ne dissipez pas comme un Nomentanus;
Vous.. comme Cicuta, n'amassez pas non plus:
Sur-tout ne briguez pas les honneurs, & la gloire,
Jurez-moi tous les deux, au nom de ma mémoire,
De n'être l'un ni l'autre, Edile, ni Prêteur,
Car je vous déshérite, & vous ôte l'honneur,
D'être mes descendans, d'être libres romains:
Quoi, vous voudriez donc, orgueilleux, inhumains
Dépenser votre bien dans des festins, des fêtes,
En amuser le peuple, & du sein des tempêtes,
Vous étaler au Cirque, être un jour en airain,
Etre sans un écu, sur un riche gradin,

Et laisser votre nom inscrit au Capitole :
Insensés ! quelle erreur, quel orgueil, & quel rôle !
Et si vous aspirez aux applaudissemens,
Qui du grand Agrippa marquent tous les momens ?
Vous serez ce renard rusé, fin, détestable,
Sous l'habit imposant du lion redoutable.
Mais vous, Agamemnon, expliquez-nous pourquoi
Ajax est sans tombeau..

AGAMEMNON.

Je le veux ; je suis Roi ;

STERTINIUS.

Je ne suis que du peuple un bien modeste organe :

AGAMEMNON.

Mais encor.. je suis juste.. & si quelque profane
Réprouve mes raisons.. qu'il ose s'avancer,
Je le permets, qu'il parle...

STERTINIUS.

Ah ! j'ose commencer.
» Illustre Souverain, le plus heureux des hommes,
» Le Juge, le soutien de tous tant que nous sommes,
» Que le Ciel vous accorde, & graces, & faveur :
» Et revenez de Troye en superbe vainqueur:
» Vous me permettez donc ici de vous répondre :

AGAMEMNON.

Et de m'interroger.. ſans vouloir vous confondre,
Je ſautai ſatisfaire un noble Citoyen.

STERTINIUS.

Pourquoi le grand Ajax, de nos Grecs le ſoutien,
Le vrai rival d'Achille eſt-il ſans ſépulture?
Oui, pourquoi quand la mort le rend à la nature,
Ajax, ce grand Ajax, par tant de faits connu,
Eſt-il devant nos yeux ſur la terre étendu?
Pourquoi dans ſon Palais le ſouverain de Troye,
En voyant cette injure, a-t-il autant de joie?
Ajax qui mit à mort tant d'illuſtres Troyens.

AGAMEMNON.

C'étoit un inſenſé.. Par de cruels moyens,
Il voulut égorger mon frere, avec Ulyſſe,
Il croyoit me plonger au fonds du précipice,
Il égorgea pour nous un troupeau de moutons.

STERTINIUS.

Mais vous, le plus ſenſé de nos Agamemnons,
Ne vous a-t-on pas vu parricide & perfide,
Immoler votre fille aux autels de l'Aulide,
Répandre ſur ſa tête, & de l'orge, & du ſel,
Etiez-vous ſage alors? n'étiez-vous pas cruel?

AGAMEMNON.

Comment me refuſer aux vœux de ma patrie?

STERTINIUS.

Ajax eut-il jamais une telle furie ?
Il égorge, il est vrai, son malheureux troupeau ;
De sa femme ou son fils, devient-il le bourreau ?
De Teucer, ou d'Ulisse, arracha-t-il la vie ?

AGAMEMNON.

La volonté des Dieux, par ma main fut suivie,
Mes vaisseaux étoient tous enchaînés dans le port ;
Je fus prudent & sage, en lui donnant la mort.

STERTINIUS.

Tu fus un furieux.. Insensé.. c'est ta fille..

AGAMEMNON.

C'est ma fille, il est vrai.. mon ame étoit tranquille.

STERTINIUS.

Ah ! méconnoître ainsi son sang, & la vertu,
N'être pas effrayé d'un crime si connu,
Et rejetter le bien pour sa fausse apparence ;
C'est être enveloppé d'erreur & de démence:
Ajax est insensé, quand il perd ses troupeaux,
Mais vous qui nous montrez des crimes si nouveaux,
Vous que l'on voit enflé d'orgueil, & d'avarice,

Vous, Prince ambitieux, êtes-vous donc sans vice?
Votre cœur est-il pur, votre esprit est-il sain?
Etes-vous vertueux, êtes-vous sage enfin?
 Si l'un de nous avoit une brebis chérie,
Qu'il la mit dans son char aux yeux de sa Patrie,
Qu'il achetât pour elle une robe, un bijou,
Qu'il l'appellât sa fille; eh bien, seroit-ce un fou?
Vous l'arracheriez même au soin de ses affaires,
Il seroit sous la loi de parens tutelaires:
Et massacrer sa fille en place d'un agneau,
C'est raisonnable, juste, & bien sage, & bien beau:
M'oseriez-vous tenir un semblable langage?
Or, la moindre folie est bien loin du vrai sage;
Tout homme criminel, est un fou furieux:
L'emporté, l'imprudent, le faux, l'ambitieux,
Sont loin de la raison, & loin de la sagesse:
Mais parlons de l'amour, cette longue foiblesse,
Voyons ces débauchés, comme un Nomentanus,
La raison les dit fous, je dis même encore plus.
 Celui-ci parvient-il à la fleur de son âge?
Devient-il possesseur d'un superbe héritage?
Il annonce aussitôt aux marchands, aux pêcheurs,
Aux amateurs de fruits, chasseurs, & parfumeurs,
Qu'ils auront à fournir sa maison, & sa table:
Qu'ils se rendent chez lui.. Cet ordre est respectable,
Ils arrivent en foule, & de chaque canton;
C'est le marchand d'esclave, alors qui lui répond:
Vous pouvez aujourd'hui..demain..même à toute heure,

Disposer de nos biens & de notre demeure ;
Chez nous tout est à vous. Le jeune homme à l'instant,
Leur fait avec orgueil ce léger compliment ;
Allons.. vous qui bravez les frimats & la neige,
Qui de beaux sangliers nourrissez mon cortege,
Vous qui pour mes poissons allez courir les mers,
Je vous promets à tous des partages divers:
Vous, c'est vingt mille écus ; vous, deux cents ; vous,
cent mille,
Si vous me procurez, fille ou femme gentille:
Ils furent tous contens, chacun deux s'en alla,
Et de cet étourdi le bien se dissipa.
Le fils de notre Esope eut une autre folie ;
Metalla lui fit don d'une perle d'Asie,
C'étoit une faveur valant cent mille francs,
Dans un vinaigre fort, il la dissout, la fend
Et de cette boisson son ame est énivrée :
Eut-il été plus fou, si sa main l'eut livrée
Au milieu de la mer, d'un fleuve, d'un ruisseau,
C'étoit jetter son bien dans le courant de l'eau.
Les deux fils d'Arrius, ces deux illustres freres,
Rivaux dans leur dépense, amis des grandes cheres,
Se font dès le matin servir des rossignols,
Ils sont émerveillés de leurs chants, de leurs vols,
Ils les font ramasser des deux bouts de la terre :
Peut-on être plus fous.. quelle immense matiere !
Un vieillard ennuyé fait de petits châteaux,
Il attelle des rats à de petits bateaux,

il joue à pair ou non, il tourne sur sa canne,
;ur un mauvais bâton, il court, il se pavane,
Est-il sage... Est-ce là ce que dit la raison?
Si plus enfant encor, sensible à son poison,
l se livre à l'amour... Quelle est la différence
'e jouer sur le sable, ainsi qu'en notre enfance,
u de pleurer, gémir, se dessécher, maigrir,
rès d'une courtisane, avide de plaisir.
Ainsi que Polemon, pourrez-vous, je vous prie,
Briser des nœuds si chers, guérir cette folie,
Rejetter ces anneaux, ces habits, ces rubans,
Tous ces appas du luxe, & ces faux ornemens;
Répétez devant nous ce que fit ce jeune homme;
Ce qu'il fit dans la Gréce, imitez-le dans Rome;
Il étoit énivré de fêtes, de plaisir,
Il entendit Platon vanter le repentir,
Peindre le vrai bonheur, fils de la tempérance,
Il renonce aussitôt à son extravagance,
Il jette ses parfums, ses rubans, & ses fleurs,
Il suit le sage enfin, & quitte ses erreurs.
Offrez quelques gâteaux à l'enfant en colere,
Il n'en veut plus.. Prenez.. il refuse sa mere,
Il les veut aussi-tôt qu'on ne les offre pas.
L'amant, comme un enfant, est pris au même appas,
Est-il congédié, puni par sa maîtresse,
Plus il a de refus, plus forte est sa tendresse;
Il agite un instant s'il y retournera,
Je veux qu'on me punisse alors qu'on m'y verra;

Me renvoyer, m'exclure, agit-on de la sorte !
Je ne veux plus revoir sa maison, ni sa porte.
Son esclave plus sage, alors tient ce propos :
Mon maître, il n'est aucun remede à certains maux ;
L'amour est un enfant, la douceur est sa mere,
Mais il n'a pas de loix.. après la paix, la guerre :
Et vouloir mettre un frein à cette passion,
C'est lier la folie au joug de la raison :
L'amour a des momens de calme & de tempête,
Un rien ride ses flots, mais un rien les arrête.
Celui qui lance en l'air les plus légers pepins,
Qui frappe le plafond, ou brise des raisins :
A-t-il de la raison la moindre connoissance ?
Mais celui qui bien vieux, grassaye, ou bien balance,
Dans son gosier vieilli des chants encor plus vieux,
Ou qui fait des projets.. se conduiroit-il mieux ?
Ajoutez ces fureurs, fléaux de la folie,
Ces guerres qu'on allume, & cette phrénesie,
De répandre le sang, d'aiguiser tous nos dards,
De détruire & cités, & villes, & remparts :
Voilà de ces effets produits par la tendresse :
Un Marius jaloux égorge sa maîtresse,
Et dans le même instant il s'est précipité ?
N'est-il pas furieux ? n'est-il pas insensé ?
Eh ! que vous dire encor de la foible pensée
D'une mere sensible, honnête, & peu sensée.
Grands Dieux, qui nous ôtez ou donnez la santé,
Guérissez-moi mon fils ; que son sang agité,

Que sa fievre se calme un de nos jours de jeune,
Et je fais le serment, quoique malade & jeune,
Je promets dans le Tibre alors de le plonger :
Cette mere, en effet, en bravant ce danger
Dans cette onde glacée alors le précipite,
Et la fievre aussi-tôt se rallume & s'irrite :
Voilà comme des Dieux un amour étranger,
Un respect mal conçu, peu sage & mensonger,
Une fatale erreur, ou crainte immodérée
Conduit à des écarts, une tête altérée.
C'est de Stertinius que je tiens tout cela...
En m'instruisant ainsi, l'on m'a montré par-là
Le moyen de répondre à quiconque m'insulte :
Qui croit qu'en insensé je dirige mon culte,
Je lui prouve aussi-tôt qu'il est plus fou que moi.
Chacun a sa besace, elle est derriere soi.

HORACE.

O grand Stoïcien ! pour vos leçons sensées,
Soyez dédommagé de vos pertes passées ;
Et vendez vos effets quatre fois leur valeur ;
Mais dites-moi.. quel est le vice de mon cœur,
Puisque chez les humains chacun a sa folie,
Car je me croyois sain, sage, sans phrénesie :

DAMASIPPE.

Vous le croyez.. Eh bien ! regardez Agavé,

Ne direz-vous donc pas son esprit égaré ?
Elle porte à nos yeux la tête de Penthée ;
La tête de son fils, sans se croire insensée.

HORACE.

Puisque chacun est fou, je sens que je le suis..
Mais quels sont les travers ou les Dieux m'ont réduits,
Quelles sont mes erreurs.

DAMASIPPE.

Voilà votre folie,
D'abord vous bâtissez.. & dans votre manie
Vous voulez de nos Grands être l'imitateur ;
Vous, dont la petitesse a deux pieds de hauteur ;
Vous plaisantez Turbon & sa petite taille ;
Votre esprit satirique avec orgueil le raille ;
Mécene est votre exemple, & sur-tout votre appui :
Mais comment avez-vous les mêmes goûts que lui ?
Pourquoi donc imiter tout ce que fait Mécene ?
Pouvez-vous chaque jour dans votre étroit domaine,
Le répéter, le suivre, & vouloir l'égaler,
Nous tracer ses jardins, même les surpasser ?
C'est le projet d'un fou que son erreur promene.
(1) Une Grenouille un jour, nous dit-on, vit un Bœuf,

(1) Fable d'Esope, imitée si bien par la Fontaine.

Dont

Dont la taille à ses yeux étoit demesurée ;
Elle qui n'étoit pas grosse en tout comme un œuf,
La famille en étoit presque toute écrasée :
Elle court à sa mere.. Ah ! je suis échappée ;
Un animal bien gros vient nous écraser tous :
Comment ! quelle est sa taille ? & que me dites-vous ?
Un objet s'aggrandit dans une ame effrayée :
Est-il plus gros que moi ? .. bien plus.. comme cela ? ..
Bien plus encor.. Envain elle s'enfla...
Jamais vous ne pourrez égaler sa figure ;
Vous même créveriez... Eh bien je vous assure..
Voilà votre portrait.. ajoutez-y vos vers,
C'est présenter en vous mille défauts divers ;
Avez-vous vu jamais un Poëte être sage ?
Le prétendre, est encor se tromper davantage :
Pour vos autres excès.. & votre emportement.

HORACE.

Ah ! mon cher Damasippe, écoutez.. un moment.

DAMASIPPE.

Et ce goût de paroître, & d'aimer la dépense..

HORACE.

Mais cessez.. un instant.. la vérité m'offense.

DAMASIPPE.

Ces amours répétés de filles, de garçons,
Ces goûts immodérés de toutes les façons,
De fêtes, de festins, & de galanterie :
Voilà, mon cher ami, quelle est votre folie.

HORACE.

Vous, le plus grand des fous de nos fous d'aujourd'hui,
Corrigez vos défauts, & cachez ceux d'autrui.

LES ÉPICURIENS.

SATIRE IV.

Undè & quò, Catius è

Dans ce Discours, Horace tourne en ridicule certains préceptes de la Philosophie Epicurienne ; & en choisissant les plus futiles, il attaque la secte entiere avec une ironie qui fait triompher la raison.

HORACE, & CATIUS, Philosophe Epicurien.

HORACE.

Ou va donc Catius, dites, d'où venez-vous ?

CATIUS.

Je ne puis m'arrêter, je cours, je suis jaloux,
De mettre par écrit les préceptes d'un Sage,

Je viens de les entendre. Ah le divin langage !
Pithagore, & Socrate, & le savant Platon,
N'ont rien de comparable en leur docte leçon..

HORACE.

J'étois donc en effet d'une grande imprudence,
De vouloir interrompre un si grave silence !
Cependant pardonnez aux voeux de votre ami,
Si vous perdez un mot, c'est un léger oubli :
Car vous connoissez l'art de fixer la mémoire.

CATIUS.

C'étoit là mon travail, au moins je m'en fais gloire ;
Mais comment retenir des objets si nouveaux,
Si sages, si précis, si justes, & si beaux :

HORACE.

De ce savant auteur quelle haute pensée !
Dites. . . quelle est la terre ainsi récompensée ?
Est-il né chez les Grecs, est-il Romain, ou non ?
Faites moi le plaisir de me dire son nom.

CATIUS.

Je rendrai ses leçons, sans nommer sa personne ;
Voici les grands avis que sa sagesse donne.
D'abord. . . souvenez vous de servir des œufs longs,
Ils sont plus nourrissans, & meilleurs que les ronds,
Puisque dans ces premiers à coquille plus ferme,

D'un jeune poulet mâle est renfermé le germe ;
Les légumes qu'on cueille en d'arides terreins,
Sont tous à préférer à ceux de nos jardins ;
Ils sont d'un meilleur goût, d'une meilleure espèce ;
En arrosant la terre on en ôte la graisse.
Un voisin vous vient-il le soir, subitement ;
Vous avez un poulet, il est gras, mais vivant ;
Plongez dans du vin doux cette chair palpitante,
Voilà le vrai moyen de la rendre excellente.
Le meilleur champignon est un enfant des prés :
D'autres sont dangéreux, vous les respecterez ;
Voulez-vous des étés braver les maladies,
Mangez dès le matin quelques mûres cueillies,
Avant que le soleil ait versé sa chaleur :
Aufidius croyoit que le vin le meilleur,
Fermenté par le miel, le matin étoit sage ;
Lorsque l'on est à jeun, c'est un mauvais usage ;
Il faut donner au sang un aliment plus doux,
Et les vins les plus purs sont les meilleurs de tous.
Si la vive chaleur resserre vos entrailles,
Prenez ces animaux cachés dans leurs écailles ;
Des moules, de l'ozeille, un verre de vin blanc,
Donnent, mêlés ensemble, un remede excellent.
La lune en son croissant remplit les coquillages,
Et les meilleurs poissons ont différentes plages ?
L'huître plus estimée est celle de Lucrin ;
Celles de la Sicile auront le goût moins fin,
Et Tarente adonnée aux douceurs de la vie,

Nous fournit des poiſſons que partout on envie.
  Mais pour rendre une table élégamment ſervie,
Il ne vous ſuffit pas de bien choiſir les mêts ;
Il faut de chacun d'eux connoître les apprêts ;
Qui ne connoit pas l'art de la délicateſſe,
Doit tout ſeul ſur ſon lit languir dans la pareſſe.
  Faites choix avec ſoin d'un ſanglier bien gras,
Qu'il ſoit nourri de gland, & qu'il ne goûte pas
Aux roſeaux de Laurens, à ſes frais marécages ;
Les gens moins attentifs ſont toujours les moins ſages.
  Que vos jeunes chevreaux ne ſoient jamais nourris
Des pampres de la vigne ; ils en ſont amollis :
Et quand on ſe connoît en excellente chère,
L'épaule eſt dans le lievre un morceau qu'on préfere ;
Pour moi je ſais fixer au goût, à mon palais,
Et l'âge, & le pays du poiſſon le plus frais :
Je ſais en quelle mer il aura pris naiſſance ;
Tous les genres d'oiſeaux ſont de ma connoiſſance.
Il eſt des amateurs de quelques mêts nouveaux,
Dont l'eſprit ſe flétrit ſur de petits gâteaux ;
Un mêts ne ſuffit pas pour faire bonne chere.
  Un tel homme, à mon ſens, eſt un homme vulgaire,
Qui dans un grand repas n'auroit que du bon vin ;
S'il avoit oublié le linge le plus fin,
Les poiſſons les plus beaux, ou l'huile la plus fine ;
Ne le croiroit-on pas d'une baſſe origine.
  Le vin que l'on expoſe aux vapeurs de la nuit,
Perd de ſa dûreté ; ſouvent il s'éclaircit,

Le passer dans du lin, le prive de sa force :
Le marchand plus subtil avec art vous amorce,
Au Falerne, à sa lie, il joint un autre vin,
Et des œufs de pigeon le rendent clair & fin.
Un buveur fatigué va reprendre courage,
En aiguisant son goût avec un coquillage,
Une huître, un peu de sel, un excellent jambon,
On refait la nature, & l'on perd la raison.
Mais pénétrez sur-tout cette grâce divine
D'assaisonner les mêts. . une sauce est moins fine,
Quand l'huile la prépare : & si l'on joint du vin,
C'est alors que le mêts est succulent & fin :
On y mélange encor des herbes différentes,
On couvre de safran ces savoureuses plantes ;
D'une huile de Venafre, on arrose le tout,
Et vous avez un mêts du plus merveilleux goût.
Quant aux fruits de Tibur, la grâce est séduisante,
Mais la pomme d'Ancône est la plus excellente :
On seche des raisins enfermés dans des pots ;
Ceux d'Albe sont durcis dans des endroits plus chauds.
C'est moi qui le premier apprit à ma patrie,
Ce mélange de fruits, de vin avec sa lie,
De poivre blanc, de sel, & d'excellent raisin ;
Le tout réduit ensemble est un repas divin.
Mais le plus grand abus est la folle dépense
D'entasser des poissons de Grece & de Byzance,
De les faire gémir dans un plat trop petit :
Une table sans goût vous ôte l'appetit :

Rien n'est plus dégoûtant qu'une coupe rincée,
Par un valet malpropre . . où sa main est tracée ;
Ou qu'un cratere sale, un vase bien poudreux ;
La propreté convient à tout voluptueux.
Usez de tous les soins qu'exige la décence ;
Ces objets négligés sont preuve d'indigence ;
Et vos carreaux poudreux, vos tables, & vos lits,
Vous couvrent quelquefois de honte & de mépris.
La richesse chez vous ne peut être exigée,
Mais la noble décence .. est-elle négligée ...

HORACE.

O savant Catius ! au nom de tous les Dieux,
Que j'entende ce Sage : ah qu'il est précieux.
Je veux le prendre aussi pour conseil & pour maître,
Je vous suivrai partout afin de le connoître :
Des traités si profonds perdent d'être redits ;
Je veux voir tous ses traits, ses gestes, ses habits,
Tout parle en ces gens-là ; l'art est de les comprendre :
Je veux donc avec vous, & le suivre & l'entendre ;
Puiser dans ses discours le bonheur des mortels,
Ne l'oublier jamais, lui dresser des autels ;
Et devoir à ses soins une science utile,
L'art de rendre la vie agréable & tranquille.

VOLTAIRE a dit, dans son Épitre à Horace.

Sur vingt tons différens tu sus monter ta lyre,
J'entends ta Lalagé, je vois son doux sourire,
Mais j'aime ton Mécene.. & ris de Catius.

LES SUCCESSIONS,

OU LA MANIERE DONT ON S'INSINUOIT A ROME, PRÈS DES VIEILLARDS, POUR ATTRAPER LEURS SUCCESSIONS.

SATIRE V.

Hoc quoque, Tiresia, præter narrata, petenti.

Ce Discours nous présente la maniere dont on s'insinuoit à Rome, près des Vieillards, pour attraper leurs successions; & sous un voile charmant, Horace fait la peinture des passions dominantes chez les Romains.

ULISSE, Roi d'Ithaque, & TIRÉSIAS, fameux Devin.

ULISSE.

DIVIN Tirésias, un mot, & je vous laisse :
Apprenez moi comment, de retour dans la Grece,

Je pourrai réparer ma fortune, & mes biens.
Vous riez .. .

TIRÉSIAS.

Que veut donc le vainqueur des Troyens ?
Vous revoyez vos Dieux, vous revoyez Ithaque ;
Sans être satisfait d'en être le Monarque,
Vous demandez encor d'autres bienfaits aux Dieux.

ULISSE.

Voyez en quel état j'aborde dans ces lieux,
Je viens dans mon palais presque nud, misérable ;
Aux yeux de mes sujets je suis méconnoissable,
Vous me l'aviez prédit .. Il ne me reste rien ;
Les amans de ma femme ont dévoré mon bien ;
Et la vertu, l'honneur, & la haute naissance,
Que sont-ils quand on est tombé dans l'indigence.

TIRÉSIAS.

Vous êtes donc chagrin de vous voir indigent !
Eh bien, voulez vous l'art de vous rendre opulent ? (1)

(1) Remarquez ici quelles étoient les mœurs d'un Peuple que l'on appelloit Roi. Il ne pensoit qu'à la fortune, & y employoit tous les moyens. Et l'on voit qu'il y avoit si peu de police dans Rome, que Mécene avoit besoin d'un Dieu à la porte de ses jardins, pour les préserver des voleurs.

Si l'on vous fait présent d'une superbe grive,
Ou de quelqu'autre oiseau dont un ami se prive,
Faites-les sur le champ voler dans la maison
D'un homme vieux, mais riche; ajoutez à ce don,
Tout ce qu'en vos jardins vous trouverez d'élite.
Avez vous un fruit rare? offrez le à son mérite.
Et fut-il sans honneur, sans naissance, sans foi,
Accompagnez ses pas, s'il vous en fait la loi,
Et même sans mépris donnez lui votre droite.

ULISSE.

Vous voulez que je vive en liaison étroite
Avec des gens sans nom, avec des serviteurs,
Moi qui n'ai fréquenté que les plus grands Seigneurs.

TIRÉSIAS.

Eh bien supportez donc la faim, & l'indigence.

ULISSE.

Oui je veux la souffrir avec indifférence,
J'ai soutenu long-temps d'innombrables travaux,
Et suis sorti vainqueur des plus cruels assauts.
Mais, illustre devin, écoutez mes foiblesses,
Je veux apprendre l'art d'acquérir des richesses.

TIRÉSIAS.

Je vous l'ai déjà dit, & vous le dis encore;
Voulez vous être riche, amasser beaucoup d'or;

Eveillez-vous, sortez long-tems avant l'aurore,
Et si ce goût du bien sans cesse vous dévore,
Rendez-vous assidu chez un riche vieillard;
Tâchez qu'au testament vous ayez quelque part:
Mais si l'on voit l'appât, qu'on évite le vôtre,
Vous êtes vif, & fin, attrapez-en un autre.
On a, legère ou non, quelque affaire au barreau.
De la simple équité rejettez le flambeau;
Du plus riche des deux, embrassez la défense,
Vous aurez tôt ou tard, une ample récompense:
Fut-il un misérable, un méchant citoyen!
N'importe; il est bien riche, il a beaucoup de bien,
Il est sans héritier, il faut tâcher de l'être;
Il faut le ménager, sans même le paroître:
D'abord, par de grands noms flattez sa vanité:
Quintus.. ou Publius.. c'est à la probité
C'est à votre vertu que j'offre mon service;
Je défendrai vos biens contre toute injustice,
Je veux plaider pour vous, & connoissant la loi,
On ne vous prendra rien.. reposez-vous sur moi.
J'aimerois mieux me voir privé de la lumiere:
Vous.. goûtez le repos: votre santé m'est chere.
Alors de tous côtés vous êtes son agent;
Vous allez, vous venez; actif & vigilant,
Vous ne ménagez rien; la canicule ardente
Fend les marbres.. En vain la neige est abondante;
Rien n'arrête vos pas.. lorsqu'un de ses amis
L'approche, le coudoie, & tous les deux assis;

Voyez

Voyez l'activité, l'ardeur, la vigilance
Que l'on montre pour vous : ah quelle prévoyance !
Voilà comme un poisson tombe dans nos filets.
Mais souvent pour cacher vos profonds intérêts,
Voyez & fréquentez ces peres de famille,
Qui n'ont qu'un héritier, foible, pâle, debile ;
La mort le leur enlève, & vous prenez ses droits,
Vous êtes même encor préféré quelquefois :
Ce jeu me paroit sûr, le gain est infaillible,
Mais montrer trop d'ardeur vous deviendroit nuisible :
Veut-on vous confier un riche Testament,
Repoussez cet écrit avec empressement,
Et jettez un coup d'œil sur la seconde page ;
Regardez si vous seul vous avez l'héritage ;
On a vu Coranus attrapper Nazica !

ULISSE.

Vous êtes inspiré, que me dites-vous-là ?
Vous savez qu'un Guerrier ne peut y rien comprendre.

TIRÉSIAS.

Ulisse ! je ne dis que ce qu'on peut entendre :
Que cela vous arrive, ou bien n'arrive pas,
Je verrai l'avenir jusques à mon trépas :
Apollon m'a donné cet art si respectable,
De ne prédire rien qui ne soit véritable.

ULISSE.

Mais votre Coranus & votre Nazica ;
Expliquez-moi comment l'un l'autre ſe trompa?

TIRÉSIAS.

Dans le tems qu'un héros ſera vainqueur des Parthes,
Qu'il ſera ſouverain & de Rome, & des Sartes,
Qu'il régira le monde, & la terre, & les mers,
Un riche Coranus, vieux, libertin, pervers
Pour un argent prêté doit ſurprendre une fille,
Celle de Nazica, belle, autant que gentille ;
Ce pere malheureux, & de ſa propre main,
Ou la livre, ou la vend .. en eſpérant qu'enfin
Ce vieillard ſatisfait & par reconnoiſſance
Lui laiſſera ſon bien pour cette complaiſance :
Ce vieillard en effet écrit ſon teſtament ;
Il le préſente à lire à ce vil Courtiſan ;
Nazica s'en excuſe .. on le preſſe .. il y trouve
(Jugez que de remords ce malheureux éprouve)
Je laiſſe à Nazica ſa honte .. & ſa douleur.
Eſt-il après le crime un plus cruel malheur ?
Après cette leçon je vous exhorte encore,
Si quelqu'homme bien riche, & vieux, ſe déshonore,
Que valets & ſervante animés tour-à-tour,
Gouvernent ſon eſprit .. faites leur votre cour :

Célébrez devant eux, leurs soins, leur vigilance,
Ils sauront vous servir, même dans votre absence;
Ces moyens employés seroient victorieux;
Mais il reste des soins encor plus précieux.
Ce sont les volontés, ce sont les goûts du maître,
Qu'il vous faut avec art, & flatter, & connoître:
Fait-il de mauvais vers, on les trouve excellens:
Est-il encor sensible, esclave de ses sens,
Amoureux des plaisirs, prévenez sa pensée
Et même, offrez peut-être à cette ame insensée,
Jusques à Pénélope.

ULISSE.

Ah! croyez vous jamais
Qu'elle puisse écouter ces indignes projets;
Elle, dont la vertu, la grâce, la sagesse,
A de tous ses amans rejetté la tendresse.

TIRÉSIAS.

C'est qu'elle n'eut jamais des amans généreux;
Ils n'aimoient que la table, ils étoient paresseux;
Si de quelques vieillards elle eût eu les foiblesses,
Vous auriez tous les deux partagé leurs largesses.
Mais écoutez encor un trait bien curieux:
Il arriva jadis.. j'étois déjà très-vieux:
Qu'une femme en mourant s'exprima de la sorte;
» Le corps d'huile imbibé, sans voile, quoique morte,

» Je veux que sans habits, & sur son propre dos,
» Mon héritier me porte au lieu de mon tombeau:
» Qu'il dise... de chagrin j'ai l'ame enveloppée;
» Hélas.. après sa mort.. elle m'est échappée.
Soyez donc plus prudent, & conduisez-vous mieux;
Ne vous montrez jamais avide, ambitieux;
Sans paroître importun, caressez la vieillesse;
Profitez avec art de toute sa foiblesse;
Etre silentieux, ennuiroit un vieillard,
Soyez divertissant sans être babillard,
Et parlez à propos lorsqu'on vous en convie:
Imitez ce Davus, valet de comédie,
Qui la tête penchée, attentif, & soumis,
Interroge son maître alors qu'il l'a permis.
Montrez-lui chaque jour nouvelle complaisance;
Si le vent paroît frais, craignez sa violence,
» Votre tête est trop chère, il faut la bien couvrir;
S'il étoit dans la foule, il faut le soutenir,
Le tirer d'embarras, le traiter comme un pere,
Et dans tous les instans ne chercher qu'à lui plaire:
Aime-t-il à conter, écoutez-le toujours;
Veut-il être loué, louez-le tous les jours:
Que son cœur énivré se dilate, s'enflâme,
Qu'enflé comme un ballon, devant vous il se pâme,
Qu'il vous demande grâce, & que de vos discours,
Il vous prie, à deux mains, d'interrompre le cours.
Quand la mort vous aura délivré de cet homme,
Quand vous serez certain que par un dernier somme,

De ce vil bienfaiteur on vous a délivré,
Que même dans l'instant il doit être enterré ;
Ecoutez avec soin sa volonté derniere :
Je donne au cher Ulisse, en quittant la lumiere,
Le quart de tous mes biens. Alors désolez-vous (1),
Dites, Damas n'est plus ! quel homme parmi nous
Peut me dédommager d'un ami si fidele ;
Où trouver sa vertu, sa tendresse, son zele ?
Répétez bien ces mots, & tâchez de pleurer :
Le plaisir qu'on ressent, il faut le bien céler :
Vous fait-il de son deuil maître de la dépense,
Ordonnez avec pompe, avec magnificence,
Un cortege superbe, un superbe tombeau ;
Que le peuple s'écrie.. ah ciel.. ah que c'est beau !
Que ses voisins surtout répetent votre éloge :
Et si quelqu'héritier bien vieux vous interroge,
Desire un des objets de la succession ;
Offrez-lui dans l'instant cette possession ;
La terre, ou la maison va vous être donnée ;
Faites-en sur le champ la vente simulée :
Mais Proserpine ici me chasse de ce lieu.
Je rentre chez les morts.. Adieu, grand Prince, adieu.

---

(1) Il est à remarquer que chez les Romains, la loi ne leur permettoit sans doute de disposer pour les étrangers, que du quart de leur bien.

L'AMOUR DE LA CAMPAGNE.

SATIRE VI.

Hoc erat in votis......

Ce Discours charmant nous offre plusieurs remarques intéressantes ; d'abord, comment Horace rendoit hommage à tous les Dieux de son tems : puis, la demeure, l'amitié & la profonde sagesse de Mécene : ensuite le partage des terres que l'on promettoit aux soldats d'Auguste, pour les tromper ; enfin la Fable charmante du Rat de ville & du Rat des champs, imitée si agréablement par la Fontaine.

JE n'avois desiré qu'un très-petit Domaine,
Une maison modeste, un bois, une fontaine,
Je ne regrette rien, les Dieux m'ont tout donné;
D'un bosquet étendu je suis environné,
J'ai des eaux, des jardins, des bois & de l'ombrage.
Quel mortel en pourroit desirer davantage ?

Conservez-moi longtems cette possession,
Mercure, (1) & si jamais la dissipation
D'aucun moyen honteux ne m'a permis l'usage;
Si je n'ai point accru mon modeste héritage,
Ni par aucun excès dénaturé mon bien;
Si je n'ai jamais dit... Que ce champ près du mien
Ne peut-il à l'instant être dans ma puissance;
Que n'ai-je ce trésor, ou cette jouissance!
Et vous! Dieu redoutable! Hercule, si jamais
Vous n'avez entendu mes injustes souhaits,
Si mon bonheur m'enchante, exaucez ma priere.
Epaississez mes grains, & ma récolte entiere:
Tout, hormis mon esprit, ne l'épaississez pas,
Et soyez mon soutien jusques à mon trépas.
Mais sitôt qu'en quittant Rome pour nos campagnes,
Je puis rejoindre en paix mes paisibles montagnes,
Quel délire est égal au délire des vers?
Des vers faciles, doux, instruisant l'univers.
Ici l'ambition, ni les vents de l'automne,
Ni ses brouillards épais, rien enfin ne m'étonne:
O Pere du matin! Janus! de tous nos maux
Le maître & le soutien, préside à mes travaux.
Mais hélas! suis-je à Rome? aussitôt on me presse...
Allons.. sois caution.. qu'un ami t'intéresse..
Montre-toi des humains le plus officieux...

(1) Les Romains croyoient Mercure, favorable aux fruits du travail, & Hercule, aux gains imprévus.

Et malgré les frimats, les vents impérieux,
Le froid, le demi jour, je me lève, je vole,
J'arrive.. en revenant le peuple me désole,
C'est une foule énorme, on pousse, on veut passer,
Je crie, & sur mes pas chacun vient se presser...
» Quel insensé, dit-on? Quelle affaire le mene?
» Ah.. c'est pour arriver plus vite chez Mécene :
» Il nous renverse.. il court.. hélas! ils n'ont pas tort;
Je ris de leurs propos, & je bénis mon sort..
Je monte avec ardeur jusques aux Esquilies...
C'est alors que cent voix de cent voix sont suivies;
» Horace, me dit-on, prêtez-moi votre appui;
» Roscius au barreau vous attend aujourd'hui:
» Horace, telle affaire exige votre peine,
» Horace, à cet écrit faites signer Mécene..
Je dis: Je tâcherai, je voudrois le pouvoir..
Vous pouvez tout, dit-on.. vous n'avez qu'à vouloir.
Oui, c'est vrai, de mes ans s'écoule le septieme
Depuis que chez Mécene on me chérit, on m'aime,
Qu'il m'a comblé de biens, de bontés, de faveur,
Mais à quoi se réduit ce suprême bonheur?
Mécene dans son char va-t-il à la campagne;
Il ordonne, il est vrai, qu'Horace l'accompagne,
Mais quels sont ses discours, quels sont ses entretiens,
Veut il me consulter.. non.. il me dit des riens..
» Quelle heure est-il, Horace? ou je crois qu'à la lutte
» Un Syrien au Thrace aisément le dispute;
» Ou le frais du matin se fait déjà sentir,

» Il faut être prudent, il faut nous bien couvrir ;
Enfin tous ces propos qu'une bouche discrette
Ne craint point que jamais un indiscret répete.
Cependant chaque jour cette ombre de faveur
De la cruelle envie excite la fureur...
Me voit-on à sa droite assis dans un spectacle,
Ou jouer dans le cirque, on croit voir un miracle ;
De la fortune alors je suis le favori...
Quelque bruit désastreux se répand-t-il ici ;
Chaque passant m'aborde.. hé bien ! quelle nouvelle !
O vous, que chaque instant près de nos Dieux rappelle,
Le Dace marche-t-il ? parlez, qu'en dites-vous?
Moi, rien, en vérité, personne parmi nous
Ne connoît moins que moi souvent ce qui se passe :
Quoi, vous, vous ignorez ce que l'on dit du Dace,
Et les champs que César promet à nos soldats...
Nous direz-vous encor que vous ne savez pas
Si c'est dans la Sicile, ou bien dans l'Italie..
Non je ne le sais pas.. & j'y perdrois la vie..
Allez de ce mensonge amuser nos ayeux,
Vous êtes des mortels le plus silencieux.
C'est ainsi que dans Rome on passe la journée;
Et je me dis alors : « Campagne fortunée !
» O champs aimés des Cieux! quand pourrai-je à jamais,
» Goûtant le calme heureux d'une profonde paix,
» Tantôt dans le sommeil, tantôt dans la lecture,
» Boire le doux oubli des peines que j'endure ?
Quand pourrai-je, entouré de feves, de raisin,

De tous mêts bienfaisans, de légumes enfin,
Offrir à mes amis une table modeste,
Et voir nos serviteurs se contenter du reste.
Soupers délicieux, où chacun à son gré
De son vin pétillant nous vante le degré,
En redouble les coups, en modere l'usage,
Et tour à tour se voit plus aimable, ou plus sage.
Nous livrons nous ensuite à de plus doux propos;
Ce n'est pas d'un voisin attaquer le repos
Rechercher sa conduite, estimer son domaine,
Savoir si tel sauteur est fameux dans l'arene,
Non, de pareils objets sont indignes de nous;
Mais nous examinons si l'homme le plus doux,
N'est pas le plus heureux de tous tant que nous sommes;
Si les biens excessifs font le bonheur des hommes,
Ou si c'est l'amitié, la candeur, la vertu,
Et si du malheur même on doit être abattu.
Alors.. c'est mon voisin qui nous conte une fable,
Oui, si quelqu'un de nous vient nous vanter à table,
Les grands biens d'Atellus, ses soupers éclatans.
Un jour le rat de ville ami du rat des champs,
Alla le visiter dans son champêtre azile;
Celui-ci prévoyant, ménager, mais habile
A remplir les devoirs de l'hospitalité,
Montra dans son repas sa libéralité:
Il lui sert tout le grain que son zèle ramasse,
Son avoine, ses pois, son raisin, tout y passe..
Il y joignit encor quelque reste de lard;

Mais ſon ami ſuperbe en dédaigna ſa part,
Et vit avec mépris un ſouper ſi modique...
Alors ce citadin à ſon ami s'explique ;
Quel plaiſir trouvez-vous à vivre près des bois,
Venez chez les humains, vivez ſous d'autres loix,
Préférez nos palais à vos forêts ſauvages,
Et venez avec moi prendre d'autres uſages :
Nous ſommes ſur la terre ; y ſerons-nous demain ?
Tous ſujets de la mort, nous avons même fin ;
Les petits & les grands ſubiſſent ſa puiſſance ;
Pourquoi donc nous priver de quelque jouiſſance ?
Enfin ſi ſous les cieux, nos momens ſont ſi courts,
Vivons, ſoyons heureux, & le ſoyons toujours.
  Après ce beau propos d'une ſaine morale,
Le campagnard ſe rend, il déloge, il détale.
Et nos deux bons amis en raſant le chemin,
Arrivent à la ville, au mur d'un grand jardin :
La nuit couvroit les cieux d'un voile impénétrable;
Ils trouvent ſans y voir, un palais délectable,
Des meubles recherchés, des lits de pourpre & d'or,
Et les reſtes du ſoir s'y préſentoient encor :
C'étoit d'un grand feſtin la table magnifique ;
Ils marchent tous les deux ſur un tapis antique :
Sur des couſſins profonds le villageois s'aſſit,
Son compagnon le ſert, debout, près de ſon lit,
Et ne préſente rien qu'il n'ait goûté lui-même ;
C'étoit des grands Seigneurs ſuivre le grand ſyſtême :
Yvre d'être affranchi de ſon antique erreur,

Notre bon campagnard exalte son bonheur,
Et sur son oreiller de crépine & de soie,
Montroit tous les excès de sa brillante joie:
  Quand avec grand fracas, s'ouvre à double battans
Une porte adossée à ces lits éclatans:
Ce bruit épouvantable effraye l'assemblée:
Sitôt en palpitant la troupe désolée,
Se dérobe au hazard, se sépare, s'enfuit.
  Un dogue en aboyant les chasse & les poursuit.
Notre bon campagnard alors gagnant la porte,
Dit à son camarade: Ah mon cher, que m'importe?
D'être dans l'abondance, & d'être tourmenté,
Mes bois sont un abri de troubles exempté;
Adieu, j'y vais cacher nos vives amertumes,
Et j'y serai content de mes simples légumes.

Tel est l'original de la jolie fable de la FONTAINE.

LE RAT DE VILLE ET LE RAT DES CHAMPS.

Autrefois le rat de ville
Invita le rat des champs,
D'une façon fort civile,
A des reliefs d'ortolans.

LES SATURNALES,

OU LA LIBERTÉ ACCORDÉE AUX ESCLAVES, PENDANT TROIS JOURS DU MOIS DE DÉCEMBRE.

SATIRE VII.

Jamdudum ausculto, & cupiens tibi dicere servus...

Dans ce Discours superbe, Horace se fait dire par son Esclave, tous les défauts qu'il se reprochoit à lui-même ; mais à ce Tableau de la foiblesse humaine, il joint celui de la vertu stoïque, qui constitue l'homme vraiment libre, & l'homme vraiment sage.

DAVUS & HORACE.

DAVUS.

Un esclave attentif & soumis, a besoin
De vous entretenir un instant sans témoin :

HORACE.

C'est Davus !

DAVUS.

Oui, c'est lui, votre esclave fidele,
Un véritable ami toujours rempli de zele,
Sage quand il le faut, plein de vos intérêts,
Et dont vous chérissez la vie & les projets.

HORACE.

Parle, mon cher Davus, voilà ta récompense;
Tout esclave en ce mois peut parler comme il pense;
De tout dire à son maître, il a la liberté;
Dis jusqu'à mes défauts, mais dis la vérité:
Le tems le veut ainsi, c'est notre antique usage.

DAVUS.

Mon Maître, j'obéis, je serai libre & sage:
Vous le savez vous même, une part des humains
Voltige incessamment de desseins en desseins,
Se plait dans les abus, se nourrit dans les vices;
L'autre moitié commet un peu moins d'injustices,
Tantôt on fait le bien, tantôt on fait le mal,

L'homme eſt à chaque inſtant plus ou moins inégal ;
Priſcus dont l'inconſtance étoit demeſurée,
Souvent de trois anneaux avoit la main parée,
Souvent par fantaiſie il n'en avoit aucun :
Tantôt ſon vêtement étoit le plus commun,
Tantôt il étoit riche : & par un goût unique
Tantôt on lui voyoit un logis magnifique,
Et tantôt le réduit d'un modeſte affranchi.
A Rome, faſtueux, immodeſte, étourdi,
Le lendemain frappé de honte & de triſteſſe
Il vouloit dans Athêne acquérir la ſageſſe.
Volanere en ſes goûts étoit bien différent ;
La goûte avoit rendu ce joueur impotent,
Il payoit un mortel tous les jours de l'année,
Pour mettre en ſon cornet ſes dez, ſa deſtinée ;
Et chaque jour cet homme encor recommençoit :
Ainſi le même objet lui ſeul l'intéreſſoit :
Il vaut donc encor mieux, être ferme en ſes vices,
On eſt moins malheureux avec moins de caprices ;
On n'eſt pas balotté par mille ſentimens,
Et l'on eſt plus heureux, quand on l'eſt plus long-tems.

HORACE.

Maraud, finiras-tu ? pourrois-tu bien me dire,
A qui peut s'adreſſer cette longue Satire ?

DAVUS.

A vous même, mon Maître.

HORACE.

À moi ! comment, Coquin ?

DAVUS.

Oui., ne vous voit-on pas vanter l'heureux destin
Et la simplicité de nos Romains antiques ;
Mais si nous revenions à ces temps héroïques ;
Si les Dieux complaisans ordonnoient leur retour,
Vous seriez malheureux avant la fin du jour :
Vous ne pesez donc pas tous les vœux que vous faites,
Vous ne marchez pas ferme au chemin où vous êtes.
Vous condamnez l'erreur, & n'en pouvez sortir.
Je ne puis trop souvent encor vous avertir
Qu'à Rome on vous entend désirer la campagne ;
Demeurez-vous aux champs, la tristesse vous gagne,
Rome seule à l'instant est l'objet de vos veux,
Et pour vous ce séjour est le rival des cieux.
N'êtes vous pas prié d'une fête superbe,
Vous dites, le bonheur est d'exister sur l'herbe.
Vous vantez la sagesse, & la frugalité ;
On croit que malgré vous, vous seriez invité :
Mais vous vient-il alors un courrier de Mécène,
Soudain tout est en l'air dans votre étroit domaine :
Hola ! venez donc tous, mes essences, quelqu'un ?
De tous mes serviteurs, ne trouverai-je aucun !
Vous jettez en fureur des cris épouvantables,

Et vous courez bien vite à ces superbes tables.
Vos convives alors abandonnent ces lieux,
Plus vous avez d'honneurs, plus ils sont furieux.
 Pour moi je l'avoûrai, je consens que l'on dise :
Dave est un paresseux, rempli de gourmandise,
C'est un lâche, un poltron, & souvent un buveur,
Mais vous .. vous êtes pis que votre serviteur ;
Vous cachez vos défauts sous de belles paroles
Et valez moins que moi qui vaut trente pistoles :
Mon maître .. à ces propos ne vous emportez pas,
Adoucissez votre œil, retenez votre bras,
Ne vous montrez ici ni méchant, ni colere,
Le portier de Crispin m'a fait son légataire,
Je vous rends ses propos, je dis la vérité,
Et ne vous fâchez pas de ma sincérité.
 Oui, de suivre le bien nous sommes incapables
Nous serons l'un & l'autre, injustes & coupables
Vous .. vous cherchez souvent la femme du prochain,
Moi, d'un endroit honteux je sors dès le matin,
Je préfère toujours une femme publique :
Nous offensons tous deux la sage république :
Moi brûlé de desirs, j'arrive dans ce lieu,
Et quand à ma beauté, j'ai dit un long adieu,
Je ne crains pas alors qu'un rival me tourmente,
Que plus riche, ou plus grand, sa beauté me supplante;
Vous .. on vous voit quitter vos ornemens romains,
L'anneau de Chevalier, vos habits les plus fins ;
Vous vous travestissez sous celui d'un esclave,

Et malgré la saison ; & la nuit que l'on brave,
Caché sous un manteau, vous êtes introduit :
Un tremblement subit agite votre esprit,
Vous craignez un jaloux, son fer, ou sa vengeance,
Vous craignez d'un mari la trop juste puissance ;
Vous êtes criminel, vous êtes corrupteur ;
Votre maîtresse alors n'a pas moins de frayeur,
Elle craint son époux, elle se voit coupable.
Pour braver tant de maux, est-on moins condamnable!
Vous venez la séduire, & vous la poursuivez :
Enfin de ces écueils tous deux vous vous sauvez ;
Serez-vous plus prudent, en serez-vous plus sage ?
Non.. au premier instant vous voudrez davantage ;
Esclave malheureux de goûts si différens
Vous vous exposerez à des dangers plus grands.
Enfin vous nous vantez la probité sévere,
Vous n'êtes point méchant, encor moins adultère ?
Mais moi, suis-je un fuyard, ou bien suis-je un voleur?
Je vais journellement comme un bon serviteur,
Et marche avec respect tous les jours de ma vie,
Au milieu de vos biens, de votre argenterie,
Vous ai-je jamais fait le plus injuste tort ?
» Otez-aux criminels la crainte de la mort,
» Le crime n'aura plus aucun frein salutaire ;
» L'injustice par-tout depeuplera la terre.
Vous vous dites le Maître.. Osez-vous usurper
Un nom si précieux.. Vous que l'on voit ramper
Sous le joug de l'erreur, sous le poids de l'envie ;

Vous dont je vois passer la moitié de la vie,
Sous l'empire orgueilleux de tant de passions;
Vous, être composé de contradictions,
Vous esclave de tout, vous que tout épouvante,
Que le présent étonne, & l'avenir tourmente;
Qui craignez l'infortune, & les maux, & la mort;
 Ajoutez les raisons que je vous offre encor;
Vous n'êtes comme moi qu'un chef de vos esclaves,
Et vous avez un maître, & même mille entraves;
Si vous me commandez, je vous vois obéir,
Et vous êtes au moins l'esclave du plaisir.

HORACE.

Quel est donc l'homme libre?

DAVUS.

Ah! s'il faut vous le dire,
» C'est l'homme qui sur lui conserve un grand empire,
» Qui ne craint point les fers, la mort, la pauvreté,
» Qui n'a ni passions, ni goûts, ni volupté,
» Qui loin des vains honneurs se replie en lui-même,
» Qui du bien seulement fait son bonheur suprême,
» Et voit sans s'étonner les plus grands coups du sort.
Etes-vous ce héros? avez-vous ce trésor?
Vous que l'œil d'une femme incessamment enchaine;
Sa loi, sa volonté sur le champ vous entraine,

Elle veut cinq talens, vous les lui présentez ;
Elle vous fuit, vous chasse, & vous la respectez ;
Sa pudeur vous exclut, sa grace vous rappelle :
Quoi lâche ! c'est ainsi que vous triomphez d'elle :
Que ne répondez-vous avec un air hautain ?
C'en est fait.. Je suis libre ; on me rappelle envain ;
Vous ne sauriez : un maître orgueilleux vous domine ;
Vous êtes son esclave, & même d'origine.
Quelle est donc la distance entre mon maître & moi ;
On le dit bien plus sage, on ne sçait pas pourquoi :
Quand il est énivré près d'un tableau d'Apelle
Quand il y passe une heure, on approuve son zèle ;
Et moi, si je m'arrête à de mauvais tableaux,
A la mobile enseigne, où pour des jeux nouveaux
De forts gladiateurs sont tracés sur la toile,
De maniere à les voir combattans sur ce voile,
Et se porter chacun un trépas différent :
On dit, ce vilain Dave est un vrai négligent,
Il s'arrête par-tout... quand près de vos antiques
Vous restez en extase admirant vos reliques.
Que je sois enchanté de l'odeur d'un gâteau !
Que j'aspire le goût qu'il exhale étant chaud ;
Je ne suis qu'un gourmand, je suis très-condamnable,
Et vous, on vous dit sobre à la plus grande table.
Ainsi le moindre tort a sa punition :
Vous... soyez impuni : vous le seriez.. Sinon
Qu'à peine sortez-vous de ces superbes fêtes,
Vous voyez chanceler tous les pas que vous faites :

Votre estomac se plaint de vos longues erreurs,
Et vous êtes enfin accablé de douleurs.
Qu'un esclave la nuit dérobe une vétille,
Qu'il vende de son maître un effet, une étrille,
Pour avoir à son goût quelque peu de raisin;
Vous, vous vendez vos biens; votre cœur est-il sain?
Ajoutez qu'être seul est un supplice extrême;
Qu'on ne vous voit jamais vous suffire à vous-même,
Qu'oisif, vous ne savez alors que devenir,
Que vous dormez, buvez, promenez sans plaisir,
Qu'une sombre langueur vous seche, vous obsede,
Qu'enfin à vos ennuis il n'est point de remede.

HORACE.

Si j'avois une pierre!

DAVUS.

Hélas! & pourquoi donc?

HORACE.

Si j'avois une flèche, un fouet, un bâton,

DAVUS.

Cet homme est en délire, il est encor Poëte.

HORACE.

Retire toi, coquin, ou bien dans ma retraite,
A mes meules, mes biens, aux travaux de mes champs,
Je vais te condamner, & t'y garder long-tems.

Je ne crois pas qu'il y ait dans toute l'antiquité une leçon plus belle & plus philoſophique.

REPAS DE NAZIDIENUS.

SATIRE VIII, & *derniere.*

Ut Nazidieni juvit te cœna beati ?

Ce Discours est une plaisanterie charmante, pour ridiculiser un repas, où vraisemblablement Horace n'avoit pas été invité avec Mécene : Boileau en a imité, & le sujet, & plusieurs détails.

HORACE & FUNDANIUS.

HORACE.

Hier je desirois vous avoir pour convive ;
Je me disois : Je veux que le plaisir nous suive ;

On m'apprit à l'instant que vous étiez dehors,
Que vous étiez unis par les plus doux transports,
Et que depuis midi vous étiez tous à table,
Chez Nazidienus, l'homme le plus aimable;
Que me direz-vous donc d'un si fameux repas?

FUNDANIUS.

Nous eûmes des plaisirs que l'on n'exprime pas,
Je n'en connus jamais de plus grands de ma vie.

HORACE.

J'en suis bien assuré: mais dites, je vous prie,
Quel mets vous donna-t-on pour appaiser la faim?
Quels furent les apprêts de ce fameux festin?
On sert un sanglier né dans la Lucanie;
C'étoit par un vent chaud qu'il y perdit la vie,
Dit Nazidienus, le maître du repas:
Il protestoit encor qu'il ne se trompoit pas:
On voyoit tout autour des raves, des laitues,
Racines, céleris, anchois, herbes menues,
De tout ce qui réveille un estomac ingrat,
Et du gros vin de Cos entouroit ce grand plat;
Cette premiere faim est à peine assoupie,
Qu'un esclave avec art dessert, nettoie, essuie,
Et la table, & la nappe, un autre le carreau,
On ramasse une miette, & tout est clair & beau.

Alors

Alors le noir Hidaspe apporte sur sa tête
Un flacon de Cecube ; ainsi qu'un jour de fête,
On voit à pas comptés les vierges de Cerès
S'avancer , & porter tous leurs divins apprêts.
Un valet qui le suit , Alcon portoit encore
Un vâse de Chio , vin que le ciel colore ,
Vin renommé , vin pur , ni fait , ni préparé ,
Et dont l'esprit humain n'est jamais égaré :
Or , Nazidienus s'adressant à Mécene ;
Voudriez-vous , dit-il , qu'on serve , qu'on promene
De l'Albe , du Falerne , & de ces vins connus ,
Nous en avons encor , & même beaucoup plus :
Ce n'est rien : ce trésor vous paroît misérable.

HORACE.

Mais , dites-moi , quels Grands étoient à cette table ,
Répétez-moi leurs noms.

FUNDANUS.

J'étois au premier rang ;
Viscus & Varius sur mon lit , sur mon banc ,
Balatron , Vibidus sur le lit de Mécene ;
C'étoit ses favoris , les ombres de la scene ,
Et sur le lit d'en bas , un Nazidienus ,
Porcius au-dessous , plus haut Nomentanus ,
Ridicules humains que rien ne rassasie ,

Ils étoient les bouffons de cette compagnie :
Nomentanus sur-tout annonçoit tous les plats,
Il indiquoit du doigt les morceaux délicats,
Car nous n'étions pour lui que des hommes vulgaires,
Nous ne connoissions pas ces excellentes chères ;
Ces oiseaux, ces poissons, ces huitres, ces ragoûts,
Etoient bien loin de ceux que nous connoissons tous :
Et pour me le prouver, il me sert une grive,
Et le dos d'un poisson, qu'il nommoit une Vive ;
Vous n'avez, me dit-il, rien mangé de pareil.
Sçavez-vous ce qui rend un fruit bien plus vermeil ;
Ne le cueillez jamais qu'au croissant de la lune :
Quelle en est la raison ? je n'en connois pas une,
Lui seul, il vous dira le comment, le pourquoi,
Et vous l'expliquera sûrement mieux que moi.
Alors Vibidius & Balatron s'irritent,
Ils veulent se venger, tous les deux ils s'excitent ;
Si nous ne buvons pas, dit l'un, avec excès,
Nous sommes morts ici d'ennuis & de regrets :
Hola quelqu'un ! hola ! donnez-nous de grands verres ;
Ces mots vont effrayer les oreilles séveres
Du maître du festin, la pâleur le saisit,
Il ne craint rien autant que l'âcreté, l'esprit,
Qui brille en un buveur, toujours prêt à médire,
Ou que le vin encor altere, échauffe, inspire :
Vibidius alors, avec son compagnon,
Avec tous ses voisins, vuident un grand flacon ;
Il ne peut pas suffire au reste des convives ;

Tous ceux du lit d'en bas font des plaintes bien vives,
Ou pour plaire à leur maître, ils se privent de vin.
Alors on nous apporte un large & grand bassin
Une lamproie au fond, de squilles entourée
Et nageant dans la sauce ; elle en est submergée :
La lamproie étoit pleine, & très heureusement
Elle eut été moins bonne en un autre moment,
Dit Nazidiénus : sa chair eut été molle :
Ce mêts est excellent, & sans nulle hyperbole,
Dans ce plat recherché, dans la sauce on a mis
De l'huile de Venafre, & même d'un grand prix,
Du vin vieux de cinq ans, doux enfant d'Italie :
En cuisant., du Chio se mêle avec sa lie,
Du vinaigre choisi fait de vin de Lesbos,
Un jus d'anchois d'Espagne, & même des plus beaux,
Enfin tout est ensemble, & quand la sauce est faite,
J'ajoutai le premier l'année, & la roquette ;
Les hérissons de mer, nous apprend Curtillus,
Doivent, sans qu'on les lave, être cuits dans ce jus.
Comme il parloit, un daïs suspendu sur la table,
En tombant sur les plats, fait un bruit effroyable.
La poussiere s'éleve ainsi qu'un tourbillon
Que l'on voit dans les airs poussé par l'Aquillon.
Chacun est agité d'une frayeur subite,
Mais étant sans danger, on se calme bien vite,
On se remet.. le maître accablé de douleur
Comme s'il eut perdu son fils, ou son honneur,
Jette des cris, des pleurs, qui dureroient encore,

Si de Nomentanus une voix plus ſonore
N'eut prononcé ces mots : O ſort ! voilà tes coups ,
Fortune , tu te plais à nous écraſer tous !
Tu ris de tous les traits que ta main nous prépare ,
Et les maux que tu fais , le deſtin les répare.
Varius à l'inſtant ne peut ſe retenir ;
Il éclatoit déjà d'un rire de plaiſir ;
Quand d'un air composé Balatron nous plaiſante :
Jamais , jamais , dit-il , le ſort ne nous contente ;
Le bonheur eſt-il donc le prix de la vertu ?
Nous voit-on obtenir tout ce qui nous eſt dû ?
C'eſt le ſort des humains , c'eſt le ſort de la vie :
Vous avez pris pour nous une peine infinie ,
Vous aviez tout prévu , pour qu'il ne manquât rien ,
Vous avez conſacré votre tems , votre bien ,
Pour que nous ayons tous une fête complette ,
Que le pain ſoit bien cuit , toute ſauce bien faite ;
Que tout ſoit en état , que vos gens ſoient bien mis ,
Tous les plats bien placés , tous vos mêts bien ſervis ;
Un dais s'abat & tombe.. & tout eſt en déroute ;
Un valet caſſe un plat.. ah combien il en coûte :
Le maître d'un feſtin eſt comme un général ;
Dans la proſpérité nous le connoiſſons mal ;
C'eſt dans l'adverſité qu'il étonne , qu'il brille ;
Quand Nazidiénus prenant un air tranquille ;
Vous êtes , lui dit il , un convive excellent ;
Que le Ciel enrichiſſe un homme bienfaiſant ,
Qu'il comble tous vos vœux , qu'il vous ſoit favorable ;

Il reprend sa chaussure, il fuit, il sort de table ;
Chacun tient sur son lit des propos différens;
On se parle, on murmure, on rit de rangs en rangs,
Et jamais on ne vit de spectacle semblable.

HORACE.

Nul moment, il est vrai, n'égale celui-là ;
Mais répétez-moi donc les vœux que l'on forma,
Pourquoi l'hôte parti, chacun se mit à rire.

FUNDANUS.

Vous me le demandez ; je vais donc vous le dire :
Vibidius alors demande aux serviteurs,
Où de tous les flacons ils avoient mis les leurs :
S'ils étoient tous brisés, & comment sans mémoire,
Ils étoient si long-tems à leur servir à boire.
Chacun rit encor plus.. quand dans ce même instant
Vient Nazidiénus, avec un air riant;
Il prétend réparer sa funeste infortune,
(Etre abattu du sort est d'une ame commune) ;
Des valets le suivoient portant dans de grands plats
D'un grue en morceau les membres délicats ;
Le tout bien saupoudré de sel & de farine ;
Les entrailles d'une oie engraissée & bien fine ;
Des épaules de lievre ; enfin bien étalés
Des devants de ramiers, & des merles brûlés ;

Tous mets bien ſucculents .. ſi le maître ſans ceſſe
N'en eut vanté le prix, & rehauſſé l'eſpece :
Mais pour nous venger tous de ces détails pompeux,
Furieux, nous fuyons, nous ſortons de ces lieux ;
Nous le laiſſons tout ſeul avec ſa bonne chere,
Et comme empoiſonné du ſoufle de Megere,
Nous ne goûtons à rien, nous nous retirons tous ;
Et l'on nous voit ſortans rire comme des fous.

FIN.

www.ingramcontent.com/pod-product-compliance
Ingram Content Group UK Ltd.
Pitfield, Milton Keynes, MK11 3LW, UK
UKHW022105190726
13855UKWH00002B/650